어머니께 드리는 편지

Lettres à sa mère

KB191310

국립중앙도서관 출판예정도서목록(CIP)

어머니께 드리는 편지 / 지은이: 생 텍쥐페리 ;
옮긴이 : 조규철. -- 파주 : 범우, 2018 p. ;   cm

원표제 : Lettres à sa mère
원저자명 : Antoine de Saint-Exupèry
"생 텍쥐페리의 연보" 수록
프랑스어 원작을 한국어로 번역
ISBN 978-89-6365-241-2 03860 : ₩10000

서간 문학[書簡文學]
프랑스 문학[--文學]

866-KDC6
846.912-DDC23   CIP2018014297

어머니께 드리는 편지
Lettres à sa mère

생 텍쥐페리 지음 | **조규철** 옮김

이 책을 읽는 분에게

프랑스의 작가이자 비행사인 생 텍쥐페리는 1900년 리용에서 태어났다. 귀족의 후손이었던 그는 아버지를 일찍 여의었으나 어머니 마리 드 생 텍쥐페리의 사랑을 받으며 행복한 유년 시절을 보냈다. 생 텍쥐페리 자신이 직접 삽화를 그리고 글을 쓴 〈어린왕자〉는 오늘날까지 많은 사랑을 받는 작품이며, 그밖에 〈인간의 대지〉〈야간비행〉 등의 작품을 통해 진정한 삶의 의미를 찾고자 노력했다.

이 책 〈어머니께 드리는 편지〉는 생 텍쥐페리가 기숙학교에 다니던 십대 시절부터 제2차 세계대전 중 실종되기까지 어머니에게 쓴 편지를 모은 것이다. 1910년부터 36년까지의 생 텍쥐페리의 활동과 심경을 담고 있는 이 편지들은 천진한 소년이 전쟁의 불의에 맞서는 실존주의 작가로 성숙하는 과정을 보여준다.

생 텍쥐페리는 생애에 걸쳐 어머니를 삶의 위안이자 피난처로 의지했으며 자신의 사상과 작품, 꿈과 불안을 나누고자 했다. 프랑스 미술전에서 수상한 화가이자 작가인 어머니는 생 텍쥐페리의 인생과 문학에 지대한 영향을 미쳤으며, 생 텍쥐페리가 실종되기 전 남긴 마지막 편지의 수신자이기도 했다.

독자는 이 편지를 통해 20세기의 위대한 작가 사상가 생 텍쥐페리가 아닌 현실과 이념 앞에 갈등하는 나약하고도 순수한 인간 생 텍쥐페리를 발견할 것이다. 생 텍쥐페리는 언제나 예민하게 삶의 의미를 모색했고, 사막과 비행의 고독 속에서 어머니의 사랑을 갈구했다.

보호를 받고 안식처를 구하기 위해 어머니의 품안으로 돌아가야 할 필요를 나는 무한히 느낍니다. 그런 어머니의 의무를 가로막는 사막을 나는 손톱으로 파헤쳤습니다. 그런데 사람이 산을 옮겨 놓을 수 있을까요. 하지만 내가 필요한 것은 바로 어머니입니다. 내가 보호를 받고 의지할 분도 바로 어머니입니다. 나는 어린 양羊처럼 이기적으로 어머니를 불렀습니다.

또한 생 텍쥐페리는 허위에 찬 상상적인 문학세계를 거부했다. 오직 체험한 것만을 글로 남긴 그는 상상이 사실을 대신할 수 없다고 믿었다. 편지 속에는 생 텍쥐페리가 카멜레온과 사막여우를 길들이는 과정, 무어인들과 관계를 맺고 동료에 대한 연대 의식을 키우는 과정 등, 생 텍쥐페리의 문학에 영향을 미친 의미 있는 사건들이 담겨있다.

체험에서 우러나온 증언인 이 편지들이 생 텍쥐페리의 사상과 인간성을 이해하는 데 도움이 되길 기대한다.

차례

이 책을 읽는 분에게   5

서두에 붙이는 말   11

어머니께 드리는 편지   49

어느 인질에게 보내는 편지   253

생 텍쥐페리의 연보   292

Prologue

서두에 붙이는 말

이 서두에 붙이는 말은 생 텍쥐페리 어머니의 좌담 강연 내용이다.
그의 어머니는 1950년부터 1953년 사이에 마르세이유·카브리·
리용·디본느·니용·렘·방스 대학 요양소에서 좌담 강연을 열었다.
그의 어머니는 생 텍쥐페리의 작품이나 편지에서
인용되지 않은 여러 구절을 요약해서 소개했다.

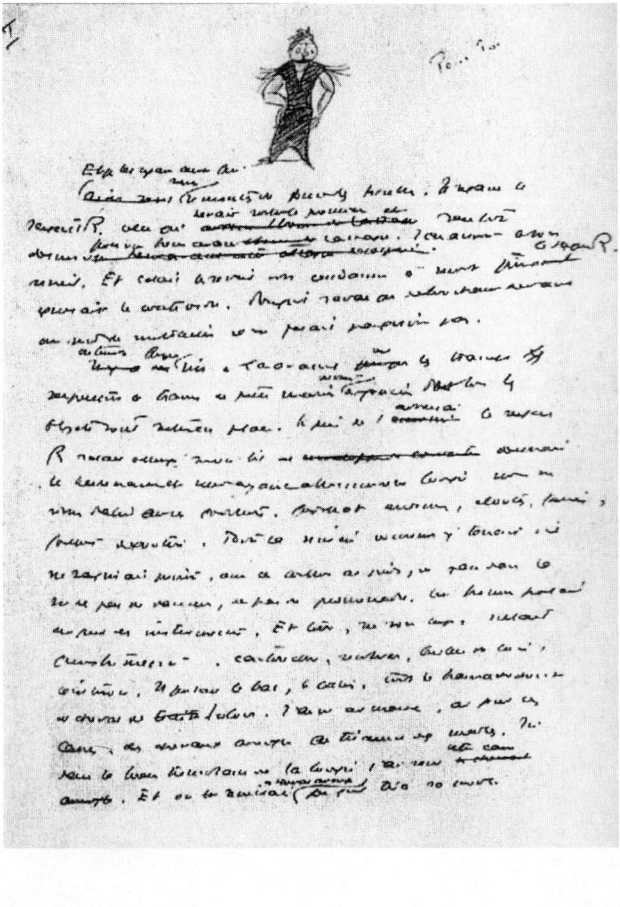

사람들은 앙트완느 드 생 텍쥐페리에 대하여 다음과 같이 말할 수 있다.

"우리는 생 텍쥐페리가 평화를 모르는 것으로 알고 있다. 그는 항상 본질적인 것만을 생각했다. 한 곳에 정착하고 만족하기보다 초조한 사람들, 그 대상이 무엇이든 정열적인 이들과 그 본질을 나누고자 했다."

바로 이런 사람들에게 앙트완느가 편지를 보낸다. 왜냐하면 그 또한 이러한 사람들과 같은 기쁨, 같은 어려움, 같은 희망, 아마도 같은 절망을 나누기 때문이다.

그는 편지와 작품을 통해 이러한 기쁨과 싸움을 보여준다.

-행복한 유년 시절의 기쁨, 훌륭한 일을 하는 기쁨, 메르모

즈, 기요메처럼 하늘에 사로잡힌 이들과 나누던 진실되고 훌륭한 우정.

-파리의 한 기와 공장 회계원으로 있을 때 겪었던 금전적인 어려움과의 싸움.

-소레 트럭 회사 외무사원으로 있을 때 몽뤼송*에서의 싸움.

-툴루즈—다카르 노선을 맡았을 때 사막과 자연 환경과의 싸움. 그리고 파리—사이공간 비행기의 장거리 지속력 시험 기간 중 리비아 사막에서의 싸움.

-쥐비 곶에 격리되어 있을 때 겪은 고독과의 싸움.

-마리냥**에서 체험한 부정不正과의 싸움.

-알제***에 이륙하여 조국을 위해 목숨을 바칠 것을 각오했을 때, 그의 표현대로 '참여'를 거부당하고 느낀 실의와의 싸움.

-끝으로 보르고****에서의 장엄한 투쟁, 즉 죽음과의 싸움.

그의 편지들은 생 텍쥐페리가 귀여움 받던 유년 시절부터 하느님에게 돌아가기까지, 그를 이끌던 끊임없는 싸움을 보여

★ 프랑스 동남부에 위치한 인구 5만 88명의 공업도시.
★★ 이탈리아 밀라노 동남부에 있는 인구 1만 3천명의 소도시.
★★★ 알제리의 수도.
★★★★ 코르시카 섬의 소도시.

주고 있다.

유년 시절의 추억

생 텍쥐페리는 밤중에 홀로 사막에 누워있다. 그는 자기 집을 향해 머리를 돌리고 생각에 잠긴다.

고향집은 그 존재만으로 나의 밤을 행복하게 했다.

나는 더 이상 모래사장 위에 몸을 깔고 있지 않았다. 나는 그 집의 아이였다. 그 집에는 추억을 불러 일으키는 향기가 가득했고, 현관에는 상쾌한 기운이 감돌았으며, 활기 찬 목소리로 가득 차 있었다. 그 집은 늪에 있던 개구리까지도 노래를 부르면서 나를 맞이하러 왔다. 아니다. 나는 모래와 별들 사이에서 더는 꼼짝하지 않았다. 나는 사막으로부터 어떠한 무정한 전언도 받아들이지 않았다. 사막에서 느낄 수 있다고 믿었던 영원함에 대한 식별 능력도 존재하지 않았다. 나는 지금 그 원인을 알았다. 나는 나의 집을 다시 본 것이다.

내가 마음속으로 무엇을 생각하는지 모르겠다. 나는 무겁게 땅바닥에 고착되어 있다. 많은 별들이 나를 정신이 들게 했다. 이렇게 무수한 상념으로 나를 끌어당기는 중력을 나는 느꼈다. 나의 꿈은 이 모래 언덕

보다도 더 현실적이고, 지금 내 앞에 있는 존재보다도 더 현실적이다.

아! 신기한 고향집. 그 집이 우리를 보호해 주거나 우리를 따뜻하게 해 주는 것은 전혀 아니다. 그러나 그 집은 즐거움의 원천을 우리 마음속에 천천히 저장하였고, 마음속 깊이 막연한 형체를 형성했으며, 바로 거기에서 샘물처럼 꿈이 솟아난다.[★]

앙트완느에게 '즐거움의 원천'이었던 그 집은 특별한 양식은 없으나 친근하고 큼직했다.

라일락꽃이 피고 보리수가 우거진 신비로운 작은 숲과 정원은 아이들의 낙원이었다. 그곳에서 비슈[★★]는 새들과 친했고, 앙트완느는 산비둘기를 좋아했다. 아이들은 모여서 '기사 아클렝 씨의 기마여행'을 구경했다. 가로수 길에서 '활상'[★★★]이 지나가고 높은 깃대에 휘장을 단 자전거가 지나가는 것도 보였다. 자전거는 필사적으로 달리다 공중으로 올라갔다.

비 오는 날이면 사람들은 집에 남아 있었다. 다락방에는 특별한 물건들이 무궁무진했다. 비슈는 거기에 중국식 방을 하

★ 〈인간의 대지〉에서.
★★ 2남 3녀 중 장녀인 생 텍쥐페리의 첫째 누나 마리 마들렌의 애칭.
★★★ 미끄러지듯 일직선으로 질주하는 것.

르망에서 생 텍쥐페리(오른쪽)와 가족들(1904~1905)

나 가지고 있었는데, 우리는 꼭 신발을 벗고 들어가야 했다. 프랑소와는 그곳에서 '파리떼의 노래'를 들었다.

그리고 나는 아이들에게 이야기를 해주었다. 이야기들은 활인화活人畵[*]가 되었다. 한 무서운 남편이 부인에게 "여보, 내가 흐린 석양을 담아 두는 곳이 바로 이 상자라오" 하고 말했다.

어린 왕자가 그 석양들을 바로 거기서 발견했단 말인가?

아이들의 침실은 3층에 있었다. 창문에는 지붕에 올라가지 못하게 철망이 쳐 있었다.

이 방은 사기 난로로 난방을 하였다.

앙트완느는 다음과 같이 편지를 보내 왔다.

생 모리스 2층 방에 있던 작은 난로야말로 이제껏 내가 알고 있는 것 중에서 가장 좋고 평온하고 정다운 것입니다. 무엇도 나를 그렇게 안심시켜 주는 것이 없었어요. 밤에 잠에서 깨면 난로는 팽이처럼 붕붕 소리를 내며 벽에 멋진 그림자를 비추었습니다. 나는 이유는 모르지만 그걸 보며 말 잘 듣는 복슬강아지를 떠올렸어요. 그 작은 난로가 모든 것으로부터 우리를 지켜주었어요. 어머니는 가끔 올라오셔서 문을 열고 우리 주변이 따뜻한지 보셨지요. 어머니는 난로가 빠르게 붕붕거리는 것을

---

[*] 적당한 배경을 바탕으로 분장한 사람이 그림 속의 사람처럼 보이게 하는 구경거리.

생트 크로와 중학교 재학시절의 생 텍쥐페리. 뒷줄 오른쪽에서 두 번째(1614)

들으시고 다시 내려갔습니다.

어머니, 어머니는 천사들처럼 막 떠나는 우리 위로 몸을 기울이고, 우리의 여행이 평온하도록, 아무것도 우리 꿈자리를 어지럽히지 않도록 시트의 주름을 펴주시고 어른거리는 그림자와 파도를 없애주셨습니다. 신성한 손길이 바다를 진정시키듯 어머니는 침대를 평온하게 하셨습니다.[★]

어머니들이 아이들의 침대 시트 주름을 없애지 않고 더 이상 파도를 평온하게 잠재우지 않아도 되는 시기가 너무 빨리 오는 것 같다.

중고등학교 시절은 그래도 휴가가 있어 마음이 들뜨는 시기였다.

군복무에 들어가며 앙트완느는 더 오래 외지로 떨어져 나갔다.

복무를 마치고 항공 우편기 비행사로 입사하기 전까지 앙트완느는 사무실에서 꼼짝 없이 일을 하기도 하고 소레 화물 자동차 회사의 외무사원이 되기도 했다. 그는 이 회사에서 먼저 수습직원으로 실습을 했다

★〈야간비행〉의 첫 부분.

금전적인 어려움과의 싸움
(1924~1925년, 파리에서)

생 텍쥐페리는 다음과 같이 편지했다.

저는 오르나노 가 70번지에 있는 침침하고 조그마한 호텔에서 침울하게 살고 있습니다. 이 생활은 별 재미가 없습니다. 내 방은 너무 쓸쓸해서 옷과 구두를 벗을 용기가 나지 않습니다.

그리고 얼마 후에 또 다음과 같이 편지했다.

나는 지쳐 있지만 일은 굉장히 열심히 합니다. 화물 자동차에 대하여 막연히 생각하던 것이 분명해지고 밝아졌습니다. 나는 곧 트럭에 대한 관념을 바꿀 수 있다고 생각합니다.

그러나 특히 앙트완느의 직업적 기호와 양심이 이 시기에 분명해졌다. 그는 자기 자신에 대하여 엄격한 성격이 되었다.

나는 매일 저녁 그날의 대차대조표를 작성해요. 만일 그날의 성과가 부진하면, 제가 신임했고 저에게 손해를 보인 사람들에게 고약하게 대한답니다. …. 내면 생활은 말하기 어려우나 일종의 수치스러운 점이 있어요. 이런 이야기를 하는 것은 너무나 거만한 일입니다. 내면 생활이 어떤 점에서 중요한지 어머니는 상상할 수 없을 거예요. 이것은 모든 가치를 바꾸고, 타인에 대한 판단까지 바꿉니다. 나는 내 자신에 대하여 가혹한 편입니다. 내가 마음속으로 거부하거나 수정하려 한 것을 다른 사람에게도 거부할 권리가 있습니다.

사막에서의 싸움
(1926년, 툴루즈—다카르)

이렇게 앙트완느는 항공선의 비행사이자 작가가 되었다.

1920년 10월, 그는 라테코에르 항공회사에 입사해 툴루즈—다카르 노선을 맡았다. 첫번 비행을 마치고 그는 툴루즈에서 "어머니, 내가 얼마나 황홀한 체험을 했는지 상상해 보세요"라고 편지를 보내 왔다.

그리고 〈인간의 대지〉에 다음과 같이 기술되었다.

문제가 되는 것은 단지 항공술이 아니다. 항공기는 목적이 될 수 없다. 사람이 목숨을 거는 것은 항공기 때문이 아니다. 마찬가지로 농부가

경작을 하는 것도 쟁기를 위해서가 아니다. 비행사는 비행기를 타고 도시와 그 도시의 회계원을 떠나 농부의 진리를 발견한다. 그는 인간다운 일을 하며 인간의 근심거리를 이해한다. 그는 바람과 별, 밤, 바다, 사막과 접촉하고 자연과 힘을 겨룬다. 그는 착륙지를 언약의 땅처럼 기다리며, 별 속에서 진리를 찾는다.

나는 나의 직업에 만족하고 있다. 나는 내 자신을 별들의 농부라고 생각했다. 그렇지만 나는 바다 바람을 호흡했다. 일단 이 양식을 맛본 사람들은 그 양식을 잊을 수 없다.

위험하게 사는 것은 필요 없다. 이 표현은 과장되었다. 내가 사랑하는 것은 위험이 아니라 인생이다.

나는 살 필요가 있다. 도시에는 더 이상 인간다운 삶이 없다.

고독과의 싸움
(1927~1928년, 쥐비 곶에서)

1927년, 앙트완느는 쥐비 곶의 비행기 착륙장 책임자로 임명되었다.

제 생활이 얼마나 수도승 같은지 모릅니다. 넓은 스페인령 사하라 사막 한복판, 아프리카 전역에서 가장 외진 구석에서 말입니다. 해변에 성채가 있고 성채와 등지고 있는 우리 막사가 있습니다. 그리고 수백 킬로미터 내에 아무것도 없어요! 만조 시간이 되면 막사는 완전히 바다에 고립되어 버립니다. 밤에 창살로 막힌 천창에 팔꿈치를 괴면—우리는 적과 대치하고 있어요—막사 안에도 바로 발 밑에 바다가 있습니다. 그리고 바다는 밤새 막사 벽에 부딪히며 출렁거리지요.

막사의 다른 면은 사막을 향해 있답니다.

이 안은 완전히 벌거숭이에요. 침대는 판자와 얇은 짚으로 만들었고, 세면기는 물항아리로 만들었어요. 타자기와 항공 일지 같은 자질구레한 물건 몇 가지만 존재합니다. 그래서 수도원의 방 같습니다.

일주일마다 비행기가 지나갑니다. 일주일 중 3일은 침묵의 날이지요. 비행기가 출발하면 마치 제 아이들 같아요. 여기서 1천 킬로미터 떨어진 다음 착륙지에서 무선 전신으로 비행기가 통과했다고 알려줍니다. 그 연락을 받을 때까지 저는 불안해 하며 비행기를 찾으러 나갈 준비를 하고 있습니다.

콘수엘로와 생 텍쥐페리(1938)

부에노스아이레스 항공선
(1929~1931년)

대모험이 시작되었다. 그 모험은 안데스 산맥 상공을 넘어 파타고니아★까지 앙트완느를 데려갔다. 그는 '아르헨티나 우편항공회사'의 항공노선 개설 책임자로 임명되었다. 그는 다음과 같이 썼다.

어머니께서는 만족하실 것으로 생각합니다. 하지만 나는 약간 마음이 괴롭군요. 나는 과거의 생활이 더 좋아요.

이 일이 나를 늙게 할 것 같아요.

나는 여전히 비행을 하겠지만, 그건 새로운 노선을 시찰하고 정찰하기 위해서입니다.

아프리카에서 그랬던 것처럼 비행기 조종사로서 남아메리카에서 겪은 일들은 〈남방 우편기〉, 〈야간 비행〉, 〈인간의 대지〉와 같은 작품의 소재가 되었다.

앙트완느는 결혼했다. 그는 부에노스아이레스에서 아르헨

★ 아르헨티나 남부에 있는 수목이 없는 건조한 지방.

티나 작가 고메즈 카릴로의 미망인인 콘수엘로 순신을 만났다. 그녀는 이국적이고 매력적이었으나, 환상적이고 모든 운명을 받아들이지 않았다. 때로는 순신이 정신적인 고난조차도 함께하길 거부하면서 두 사람의 공동생활을 어렵게 만들었지만 앙트완느는 그녀를 사랑했다. 그는 끝까지 정성스럽게 그녀를 돌보았다. 〈어린 왕자〉와 아프리카에서의 편지들이 이에 대한 감동적인 증거다.

그러나 1931년 3월 항공우편회사를 떠나며 생활은 어려워졌다.

부정과의 싸움
(1932년, 마리냥에서)

우편항공회사의 친구들을 옹호했다는 이유로 〈에어 프랑스〉는 앙트완느를 불쾌하게 대했다. 그는 〈에어 프랑스〉를 청산하고 사직했다.

다시 직장도 없이 여러 가지 곤란에 빠진 그는 일반 비행사 일자리를 다시 택해야 했다.

한때 무어 인은 그에게 '사막의 귀족'이라는 별명을 붙였다.

그는 문명 세계와 바깥에 알려지지 않은 지역을 연결했다. 하지만 지금 그는 마리냔에 기지가 있는 마르세이유와 알제를 운항하는 수상 비행기 항로에 배치되었다.

생활은 고달팠다. 고된 싸움에 직면한 그는 힘들게 폭풍우를 빠져나올 수 있었다. 그러나 이러한 투쟁은 그를 분발하게 만들었다.

진정한 시련은 동료들의 이해부족이었다. 앙트완느는 책을 통해 비행사들에게 불멸의 기념탑을 세워 주었으나 동료들은 그의 작품 때문에 그를 수상한 인물 아니면 아마추어로 대했다.

기요메에게 보내는 편지에서 그는 다음과 같이 고민을 털어놓았다.

기요메! 자네는 도착했겠지. 자네 생각을 하니 나는 약간 가슴이 두근거렸네. 자네가 떠난 후로 내가 얼마나 끔찍한 생활을 했는지 자네가 안다면, 내게 인생이 얼마나 혐오스러워졌는지 자네가 안다면! 내가 이 불행한 작품을 썼기 때문에 나는 괴롭고 동료들로부터 반감을 사게 되었네.

한때 내가 사랑했던 사람들이 나를 더 보지도 않고 나에게 얼마나 악평을 하였는지 메르모즈가 자네에게 말할 것이네. 내가 얼마나 잘난 체했는지도 사람들이 말할 것이네. 그런 말을 의심할 사람은 툴루즈에서 다카르까지 한 사람도 없을 걸세. 가장 심각한 걱정거리 중 하나는 역시 부채일세. 나는 가스 요금조차 지불할 수 없네. 그리고 나는 3년 전에 만든 낡은 옷을 입고 산다네.

그렇지만 자네가 도착하면 상황이 바뀌겠지. 그때쯤이면 나도 괴로움에서 해방될 거야. 반복되는 환멸과 부정한 소문 때문에 그동안 편지하지 못했네. 아마도 자네 역시 내가 변했다고 생각할지 모를 일이니까. 그래서 내가 형제처럼 생각하던 사람 앞에서만은 나의 무죄를 변호할 결심이 서질 않았다네.

남미 우편선을 운항한 이래로 한 번도 에티엔느를 보지 못했네. 그 친구도 나를 한 번도 보지 못했으면서, 그 친구까지 내 친구들에게 내가 까탈스러운 사람으로 변했다고 이곳에서 말했더군. 만일 가장 가까운 동료들이 나에 대하여 이처럼 생각한다면, 또한 내가 〈야간비행〉을 쓴 것이 죄를 지은 것이고 지금도 계속 항공노선을 운행하는 것이 파렴치한 행위라면, 나는 전생애를 망친 셈일세. 자네가 알다시피 나는 말썽을 일으키고 싶지는 않네.

호텔에 들지 말게. 내 아파트에 거처를 정하게. 내 아파트는 자네가 쓸 수 있네. 나는 3, 4일 동안 시골로 일하러 가네. 자네 집처럼 쓸 수 있을 걸세. 전화도 있으니까 아주 편리하네. 그러나 아마 자네는 거절할지 몰라. 그렇게 된다면 나의 가장 좋은 친구까지 잃었다고 내가 인정해야 한단 말인가.

생 텍쥐페리

갈증과의 싸움
(1935~1936년, 리비아 사막에서)

파리-사이공간 비행기의 장거리 지속력 시험 기간 동안 앙트완느의 비행기가 리비아 사막에 추락했다. 오랫동안 외부와 단절된 채 앙트완느는 죽음과 맞서야 했다. 그는 갈증을 풀기 위해 기름 묻은 비행기 날개 위에 아침 이슬을 받았다. 그는 빈사 상태에 빠졌다. 그렇지만 그는 다음과 같이 기술했다.

밤중에 명상. 내가 내 자신의 일로 탄식한다고 당신은 생각하시겠지요? 나를 기다리는 누군가의 눈을 생각할 때마다 나는 몸이 타는 것 같습니다. 나는 일어나서 앞으로 곧장 달리고 싶은 욕망이 갑자기 생겼습니다. 저기서 누가 조난을 당하여 구조해 달라고 외쳤겠지요. 아! 나는 하루 밤 동안이나 아니면 수세기 동안 잠드는 것을 받아들이겠습니다. 설혹 내가 잠들더라도 전혀 달라질 게 없으며 평화를 느낄 것입니다. 그러나 누가 저기서 소리를 지르고 몸부림치며 절망한다면 나는 그 모습을 참지 못할 것입니다.

나는 이러한 조난 앞에서 팔짱을 끼고 있을 수는 없습니다. 내가 침묵할 때마다 나는 내가 사랑하는 사람들은 괴로워하고 있습니다.

내가 사랑하던 그대들이여, 안녕히 계십시오. 그대들의 고통을 제외

비행을 준비하는 생 텍쥐페리(1944)

하고 나는 아무것도 애석하게 여기지 않습니다. 결국 나는 가장 좋은 몫을 차지했습니다. 만일 내가 살아서 돌아가게 된다면 나는 다시 시작할 텐데. 나는 살아야겠습니다. 도시 속에서는 이미 인생이 없습니다.

사막을 삼 일간 걸은 후에 앙트완느는 아랍인에 의하여 구조되었다. 사람들은 그가 페르시아 만 바닷속에 추락된 것으로만 생각했었다. 헬쑥하고 남루한 옷을 입은 앙트완느는 죽음에 맞서서 사막을 걸었음을 자랑스러워하며 어느 날 저녁 카이로의 〈그랜드 호텔〉 정문에 나타났다. 영국 공군의 옛 동료들이 두 손을 들어 그를 환영했다.

앙트완느는 다시 문명인이 되어 어머니에게 편지를 썼다.

어머니의 짧지만 의미심장한 편지를 읽으면서 나는 울었어요. 나는 사막에서 어머니를 목메어 불렀답니다. 사람들이 떠나고 침묵할 수 밖에 없는 현실에 분노가 치밀어 어머니를 불렀어요.

콘수엘로처럼 어머니를 필요로 하는 사람을 등 뒤에 내버려두는 것은 끔찍한 일이지요. 보호를 받고 안식처를 구하기 위해 어머니의 품안으로 돌아가야 할 필요를 나는 무한히 느낍니다. 그런 어머니의 역할을 가로막는 사막을 나는 손톱으로 파헤쳤습니다. 그런데 사람이 산을 옮겨 놓을 수 있을까요. 하지만 내가 필요한 것은 바로 어머니입니다. 내가 보호를 받고 의지할 분도 바로 어머니입니다. 나는 어린 양羊처럼 이 기적으로 어머니를 불렀습니다.

내가 돌아간 곳은 콘수엘로였습니다. 그러나 어머니, 내가 돌아가야 할 곳은 진정 바로 어머니였습니다. 몹시 허약하신 어머니, 그러나 제게 는 수호 천사와 같은 어머니, 현명하고 은총으로 가득찬 당신께 제가 밤 중에 홀로 기도하는 것을 아시나요?

인간과의 싸움
(1939년, 전쟁)

전쟁이 일어났다. 사람들은 그를 피난시키려고 노력했으나 앙트완느는 힘 있는 친구에게 다음과 같은 편지를 보냈다.

이곳에서 나를 항공 교관이자 대형 폭격기의 비행 교관으로 만들려 고 하네. 나는 숨이 막히고 불길한 생각이 들어 침묵만 지킬 따름일세. 나를 구출해 주게. 전투 비행 중대에 편입시켜 주게. 내가 전쟁을 좋아 하지 않는다는 것을 자네도 알고 있겠지. 그러나 후방에 남아서 위험에 가담하지 않는 것은 나에게 있을 수 없는 일일세.

'자질을 갖춘 사람들'을 피난시켜야만 한다고 주장하는데 이는 몹시 구역질나는 일이네. 자질은 참여를 해야 효과적인 역할을 하게 되네. '자질을 갖춘 사람들'이 이 땅의 소금이라면, 그들은 이 땅에서 죽고 거름이 되어야 하네. 다른 사람들과 분리된 채 '우리'라는 용어를 사용할 수는 없을 것이네. 그러고도 '우리'라고 말한다면 그는 파렴치한 사람일 테지!

내가 사랑하는 모든 것이 위협을 당하고 있네. 프로방스에서 숲에 불이 나면 치사하지 않은 사람은 모두 삽과 곡괭이를 들겠지. 나는 사랑과 내 안의 종교를 이유로 전쟁을 하고 싶네. 나는 참여하지 않을 수 없네. 전투 비행 중대에 가능한 한 빨리 나를 입대시켜 주게.

앙트완느는 2-33비행 중대에 배속되었다. 중대원 22명 중 17명이 참전하여 희생되었다. 그는 오르콩트의 전지에서 어머니에게 다음과 같은 편지를 썼다.

아직 내려지지 않은 폭격 명령을 기다리며 무릎 위에 편지를 올려놓고 쓰고 있어요. …… 내가 항상 걱정하는 것도 어머니 때문입니다. 계속되는 이탈리아의 위협으로 어머니가 위험에 처하는 것도 고통스러워요. 몹시 괴롭답니다. 사랑하는 어머니, 제겐 어머니의 애정이 몹시 필요합니다. 내가 세상에서 사랑하는 모든 것이 어째서 위협받아야 합니까? 내게 정말 두려운 것은 전쟁이 아닌 미래의 세상입니다. 파괴된 마을, 헤어진 가족들입니다. 죽느냐 사느냐는 문제가 되지 않아요. 다만

생 모리스에서 콘수엘로, 어머니, 생 텍쥐페리, 동생 가브리엘

정신적인 유대가 침범당하는 것을 원치 않습니다. 나는 우리 모두가 하얀 식탁 주위에 모이길 원하고 있어요.

내 생활의 대단한 일은 어머니에게 말하지 않았지요. 사실 말씀드릴 대수로운 일도 없습니다. 위험한 사명, 식사, 수면 따위이니까요.

나는 별로 만족스럽지 못합니다. 정신을 단련할 다른 방법이 필요해요. 우리 시대의 관심사도 제겐 만족스럽지 않고, 위험을 당하는 것도 내 마음의 무거운 양심을 달래기에는 충분하지 못해요. 유년 시절의 추억만이 제게 상쾌한 샘이 되어 줍니다. 바로 성탄절 전야의 촛불 냄새지요. 오늘날 영혼은 이토록 황량하고 사람들은 갈증으로 괴로워합니다.

인간과의 싸움(계속)
(1941년, 뉴욕에서)

휴전 후에 슬픔에 잠긴 앙트완느는 미국으로 출발했다. 그는 〈전시 조종사〉에서 다음과 같이 기술했다.

나는 그들 편이기 때문에 그들이 무엇을 하든지 나의 편을 결코 부정하지 않을 것이다. 나는 타인 앞에서 그들을 결코 욕하지 않을 것이다. 옹호하는 것이 가능하다면 나는 그들을 옹호할 것이다. 만일 그들이 나에게 창피를 준다면, 나는 이 창피를 마음속에 숨겨 두고 잠자코 있겠다. 설혹 내가 그들을 생각할지라도 나는 그들에게 불리한 증언은 결코 하지 않을 것이다.

이리하여 때때로 굴욕적인 패배에도 나는 그들로부터 떨어지지 않을 것이다. 나는 프랑스 편이다. 프랑스에는 르노와르의 작품, 파스칼의 작품, 파스퇴르의 발명품, 기요메의 업적, 호시데의 업적이 있다. 또한 프랑스에는 무능한 자들, 정치가들, 협잡꾼들도 있다. 전자들을 원용하는 것은 너무나 쉬운 일이며 후자들과의 유사성을 부인하는 것도 너무나 쉬운 일이다.

만일 내가 우리 집 때문에 굴욕당하기를 수락한다면, 그때 비로소 우리 집을 위하여 행동할 수 있다. 내가 우리 집 편인 것처럼 우리 집도 내 편이다.

그러나 내가 만일 그 굴욕을 거부한다면 우리 집은 제멋대로 망가질 것이다. 그리고 나는 의기양양하게 혼자 지내겠지만, 그것은 죽는 것보다도 더 헛된 일일 것이다.

그의 저서 〈전시조종사〉는 미국인에게 프랑스의 명예를 회복시킬 것 같았다. 그의 기사들은 미국인을 격려하여 참전하게 할 것이다. 그는 다음과 같은 글을 썼다.

패배의 책임은 당신들에게도 있습니다. 우리는 8천만 공장주에 맞서 싸운 4천만 농민이었고 한 대의 기계가 다섯 대의 기계와 대항했습니다. 설혹 달라디에*같은 이가 프랑스 국민을 노예 신분으로 떨어지게 했다 해도, 한 사람에게 매일 백 시간 노동을 시킬 수는 없을 것입니다. 하루는 24시간밖에 없습니다. 프랑스의 행정이 어떠하든 간에, 군비 경쟁은 병력으로는 2대 1이고 화력으로 대포 5문 대 1문의 결과가 나타났습니다. 우리는 2대 1의 상황에서 죽을 각오를 다짐했습니다.

그러나 우리의 죽음이 효과를 거두기 위하여 우리는 당신들로부터 모자라는 4문의 대포와 네 대의 항공기를 얻어야만 합니다. 당신들은 나치의 위협에서 우리의 희생으로 모면하기를 원하고 있습니다. 그러면서도 오로지 당신들의 주말을 위한 냉장고와 소비 물자만 만들어 냈습니다. 이러한 현상이 바로 우리가 패배한 유일한 원인입니다. 그렇지만 우리의 패배는 세계를 구할 것입니다. 우리가 수락한 패배는 나치즘에 대한 항거의 시발점이 될 것이며, 저항의 수목은 하나의 씨앗처럼 우리의 희생에 의하여 장차 자랄 것입니다!

·

★ 프랑스의 정치가. 1938년 뮌헨에서 개최된 영·독·이·불 4개국 회담에서 프랑스를 대표했다. 당시 독일의 히틀러, 이탈리아의 무솔리니, 영국의 챔버린이 참석한 이 회담에서 히틀러는 평화를 보장하겠다고 약속했다. 회담을 끝마친 달라디에는 프랑스에 돌아와 히틀러가 평화를 약속하였다고 선언하며 영웅적 대우를 받았다. 그러나 그 후 얼마 되지 않아 히틀러는 파약하고 전쟁을 도발했다.

실의와의 싸움
(1943년, 알제에서)

미국군과 함께 아프리카에 상륙한 앙트완느는 라디오 방송으로 다음과 같이 호소했다.

프랑스 국민 여러분, 우리는 조국에 봉사하기 위하여 서로 화해합시다…… 우리는 권력이나 우선권 문제 때문에 서로 싸우지 맙시다. 모든 사람을 위한 소총이 있습니다. 우리들의 참다운 지도자는 오늘날 침묵을 강요당한 프랑스입니다. 정당, 파벌, 모든 종류의 분열을 증오합시다.

논쟁에 지친 그는 전투비행단으로 복귀를 허가받기 위하여 더욱 더 동분서주했다. 그러나 수속은 너무 오래 걸렸다. 앙트완느는 침울하고 쓸쓸했다. 다음 기도가 이 사실을 증명한다.

주여! 나에게 외양간의 평화, 일을 정리한 후의 평화, 수확을 거둔 후의 평화를 주소서.

성공한 후에 나를 가만히 내버려두소서. 나는 마음의 슬픔에 지쳤습니다. 모든 일을 다시 시작하기에는 너무 늦었습니다. 나는 친구와 적을 하나씩 차례로 잃었습니다. 나의 여정에는 슬픈 여가를 비추는 광선만이 남아 있습니다.

나는 멀리 떠났다가 되돌아왔습니다. 나는 금송아지 주위를 에워싼 사람들을 바라봅니다. 금송아지에 관심이 없으면서도 얼이 빠진 사람들입니다. 그리고 오늘 태어난 아이들은 야만인들보다도 더 나에게 낯설게 보였습니다. 전혀 이해되지 않는 음악처럼 나는 쓸데없는 보물에 눌려 답답합니다. 숲속에 있는 나무꾼의 도끼로 나는 나의 작품을 쓰기 시작했습니다. 그리고 나는 나무들의 찬가에 도취되었습니다. 그러나 지금은 내가 너무 가까이서 사람들을 보았기 때문에 나는 지치고 말았습니다.

주여! 나에게 나타나 주소서. 사람들은 하느님의 감식력鑑識力을 잃었을 때 모든 것이 힘에 겹습니다.

가정과 풍습과 신앙을 무엇에서 다시 찾을 것인지, 이 문제는 너무나 어려우며, 모든 사람에게 그토록 쓰라린 일입니다.

나는 일을 하려고 시도하였지만 심정이 괴롭습니다. 무서운 아프리카는 마음을 타락시킬 것입니다. 이곳은 무덤입니다. '리트닝' 전투기를 타고서 전투의 임무를 띠고 비행하는 것은 차라리 간단한 일일 것입니다.

라디오 방송에서 연설하는 생 텍쥐페리(1942)

최후의 싸움
(1944년, 보르고에서)

그러나 1943년 6월 4일, 앙트완느는 승리의 미소를 띠고 튀니지의 라 마르사 땅에 착륙했다. 그는 명철하게 장차 큰 희망이 없다고 판단했지만, 직면한 문제들에 대해서 정신적으로는 상당한 평화를 회복했다. 한 친구에게 보내는 편지에서 그는 다음과 같이 썼다.

전쟁에서 죽는다해도 나는 상관없네. 내가 사랑하는 것 중에서 무엇이 남을 것인가? 살아있는 것들뿐만 아니라, 나는 관습, 바꿀 수 없는 억양, 시골 농장의 올리브나무 밑에서 먹는 점심에 대하여 말하고 있네. 또한 헨델에 대해서 말하고 있네.

비행사들은 한 방에 세 명씩 생활했다. 이것이 앙트완느의 근무환경이었다. 동료들은 그의 우울한 생각을 전혀 눈치 채지 못했다. 그는 평화로운 분위기를 만들고자 했다. 그는 한 친구에게 다음과 같이 편지를 썼다.

나는 가능한 한 가장 심각한 전쟁에만 참여하고 있네. 나는 세상의

리트닝 기에 오른 생 텍쥐페리

비행사 중에 최고참자 일세. 나는 내가 가진 것을 잘 돌려줬으며 스스로 인색했다고는 생각하지 않네.

이곳은 증오하고는 거리가 머네. 그러나 우리 비행 중대의 친절에도 불구하고 다소 비참하다네.

내가 대화할 사람은 아무도 없네. 그들은 함께 생활하고 있는 어떤 사물이네. 그러니 정신적으로 얼마나 고독한가!

1944년 7월 31일, 그는 출항할 장비를 하고 장교 식당에 나타났다.

"왜 당신은 나를 깨우지 않았소. 이번은 내 차례였는데."

그는 뜨거운 커피를 마시고 밖으로 나갔다. 사람들은 그의 전투기가 이륙하는 엔진 소리를 들었다.

그는 지중해와 베르코르지대★를 정찰하기 위하여 출발했다. 레이더는 그를 프랑스 해협까지는 포착했다. 그 후는 침묵이었다.

침묵이 정착했다. 침묵은 우리를 기다리게 한다.

레이더는 생의 표시가 될 기록을 찾고자 했다. 만일 비행기와 비행기의 표시등이 별들을 향해 올라갔다면, 아마도 별들

★ 대서양에서 1.5킬로미터 지점에 있는 북부 알프스 산맥으로, 들어가는 중간 지점의 석회질 성분의 산.

의 노래하는 소리가 들렸을 것이다.

많은 시간이 지났다. 시간은 핏방울처럼 흘렀다. 비행은 아직도 계속되고 있는 것인가?

매순간은 운명을 앗아간다. 그런데 시간은 흘러가고 또 파멸시킨다. 시간은 20세기 동안 한 사원에 도달하여 화강암 속에 확고히 자리를 잡고, 그 사원을 먼지로 만들었다. 그렇게 소모된 수 세기가 매순간 속에 축적되어 앙트완느의 비행기를 위협하고 있다.

매순간은 무엇인가를 앗아간다. 앙트완느의 음성도, 앙트완느의 웃음도, 미소도…… 침묵은 세력을 넓히고 점점 더 육중히 바다처럼 무겁게 자리를 잡는다.

앙트완느는 행복하고 늘 감탄하는 아이였다.

인생의 역경이 그를 지각 있는 사람으로 만들었고 항공노선이 그를 영웅과 작가로 만들었다.

아마도 미국에서의 망명생활이 그를 어떤 성인으로 만들었으리라.

그러나 영웅 이상으로, 작가 이상으로, 마술사 이상으로, 성인聖人 이상으로 우리에게 앙트완느를 친근하게 만드는 것은 그의 무한한 애정이다.

"길 위에 별이 없어지질 않아요. 별은 나누어 주고, 나누어 줄 뿐이에요."

어린 앙트완느는 쐐기벌레를 짓밟지 않기 위해 길을 돌아 갔다.

그는 전나무 꼭대기에 올라가 산비둘기와 친구가 되었다.

사막에서는 영양과 사귀어 제 편으로 길들였다.

그는 무어 족을 길들였다.

그리고 침묵을 지킨 수년 후인 지금도 역시 사람들과 계속 해서 길들이고 있다.

"길을 들인다는 것이 뭐야?" 하고 어린 왕자가 물었다. 여우 가 대답하며 "그건 유대를 맺는 거야" 하고 말했다.

우리가 앙트완느로부터 받은 마지막 편지에 이러한 구절이 있었다.

"만일 내가 다시 돌아가게 되면, 내가 걱정하는 것은 '사람 들에게 무엇을 말해야 할지' 이것이 문제입니다."

바로 이 구절 때문에 나는 그의 이야기를 세상에 알리기로 결심했다.

Brouillon

pourquoi je pensais ô un coucher fidèle. Ce petit geste
nous protégeait de tout. Quelquefois vous montiez pour
ouvrir la porte, et vous nous trouviez bien entourés
d'une bonne chaleur. vous l'écoutiez […]

[…]

Lettres à sa mère

어머니께 드리는 편지

본 완전 수록판은 1955년 출판된 것을 개정한 것이다.
앙트완느는 편지에 거의 날짜를 안 썼기 때문에,
본문을 주의 깊게 읽고 또 가족들이 개인적으로 적은
주註의 도움을 받아 편지의 연대를 보다 정확히 바꿨다.
친한 친구들이나 가족들에게 관계되는 사적인 일은
필요에 따라 약간의 생략을 했는데, 그 표시는
다음과 같은 표를 했다. 〔……〕
지금은 모호하던 구절의 뜻이 밝혀졌고,
처음의 오류도 정정되었다. 괄호((…)) 속에 표시된 날짜와
장소는 원상태로 구성한 것이며 원래의 서한에는 없다.

Narration française

Je naquis dans une grande
usine de chapeaux, pendant plusieurs
jours je subis toutes sortes de supplices :
on me découpait, on me tendait, on me
vernissait. Enfin un soir je fus envoyé
avec mes frères chez le plus grand chapelier
de Paris.

On me mit à la vitrine ; j'étais un des
plus beaux hauts de forme de l'attelage,
j'étais si brillant que les femmes qui
passaient ne manquaient pas de se
mirer dans mon vernis ; j'étais si élégant
qu'aucun gentleman distingué ne
me voyait sans avoir pour moi un regard
de convoitise.

Je vivais dans un parfait repos

1910년 6월 11일, 르망*

사랑하는 어머니.

저한테 만년필이 하나 생겼어요. 그 만년필로 어머니에게 편지를 쓰고 있습니다. 만년필은 잘 쓰여지는군요. 내일이 내 영명 축일**이에요. 엠마뉴엘 외삼촌이 축일 선물로 회중시계를 주겠다고 말했어요. 그러니 어머니께서 내일이 내 축일이라고 외삼촌에게 편지해 주시겠어요? 목요일 노트르담 드 센느 성당에 순례가 있어요. 중학교 학생들과 같이 가는 거예요. 날씨가 몹시 나쁘군요. 계속 비가 와요. 사람들에게 받은 선물로 예쁘장한 제대祭臺를 하나 만들었어요.

안녕히 계세요.

사랑하는 어머니, 무척 보고 싶어요.

앙트완느

내일이 내 축일이에요.

★ 파리 서부 217킬로미터 지점에 있는 가톨릭 유적이 많은 도시.
★★ 가톨릭에서 자기 세례명과 같은 성인의 축일을 축하하는 날.

1910년, 르망

사랑하는 어머니,

저는 어머니가 무척 보고 싶어요.

아나이 고모[★]가 한 달간 여기 있을 거예요.

오늘은 피에로와 함께 생트 크로와 중학교의 한 학생 집에 갔어요. 우리는 거기서 간식도 먹고 재미있게 놀았어요. 아침에는 중학교에서 성체를 배령했어요. 노트르담 드 센느 성당을 순례하면서 무엇을 했는지 말씀드리지요. 우리는 8시 15분 전에 학교에 모여야 했어요. 역에 갈 때는 두 줄로 걸어 갔어요. 역에서 사블레까지 기차를 탔고요, 사블레에서 노트르담 드 센느까지 마차를 탔어요. 마차마다 52명이 넘는 학생들이 탔답니다. 모두 중학생들이었는데 마차의 위에도 타고 안에도 탔어요. 마차는 무척 길고 말 두 마리가 끌었어요. 마차 안에서는 참 재미있었어요. 모두 다섯 대인 것을 두 대는 합창단이 탔고 세 대는 중학생들이 탔어요. 성당에 도착해서는 미사에 참여하고, 잠시 후에 성당에서 점심을 먹었어요. 의무실 학생들이 제7반, 제8반, 제9반, 제10반으로 편성되어 마차

★ 앙트완느 아버지의 누이동생인 아나이 드 생 텍쥐페리.

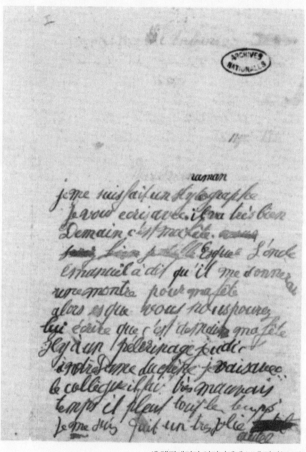

생 텍쥐페리가 어머니에게 보낸 편지(1910)

를 타고 솔렘 성지에 갔지요. 하지만 나는 마차로 가고 싶지 않아 제1반, 제2반 학생들과 함께 걸어가겠다고 허락을 받았어요. 학생들이 200명이 넘다보니 우리 줄이 길을 다 채웠어요. 점심을 먹고 나서는 성묘를 방문했어요. 그리고 교부상점에 가서 물건을 사고, 저는 제1반, 제2반 학생들과 솔렘 성지로 걸어서 갔어요.

솔렘에 도착한 다음에도 우리는 계속 걸어서 수도원 밑을 지나갔어요. 수도원은 한없이 넓었는데, 우리는 시간이 없어서 방문은 못했어요. 수도원 밑에는 크고 작은 대리석이 굉장히 많았답니다. 나는 대리석을 여섯 개 주워서 세 개는 다른 학생한테 주었어요. 어떤 대리석은 길이가 1미터 50센티미터에서 2미터쯤 되는 것도 있었어요. 친구들은 그걸 주머니에 넣자던데, 나는 그렇게 큰 대리석은 움직일 수도 없었어요. 그리고 우리는 솔렘 풀밭에서 오후 간식을 먹었습니다.

벌써 이 편지를 여덟 장째 쓰는군요.

그 후에는 성체 강복식에 참석하고, 역까지 줄을 지어 걸었어요. 역에서 르망으로 돌아오는 기차를 타고 집에는 8시에 도착했답니다. 저는 교리 문답시험에서 5등을 했어요.

생트 크루아 학원 재학시절의 생 텍쥐페리, 뒷줄 오른쪽에서 두 번째(1910-1911)

안녕히 계세요, 사랑하는 어머니. 진심으로 정다운 인사를 드려요.

앙트완느

1916년 2월 21일 , 프리부르그의 생 장 빌라

사랑하는 어머니[*],

어머니가 3월 초순에야 오실 거라고 쓴 편지를 프랑소와가 방금 받았습니다. 우리는 어머니를 토요일에 만날 줄 알고 무척 기뻐하고 있었답니다.

그런데 왜 늦게 오시게 됐나요? 토요일에 오시면 우리는 정말 기쁠 텐데!

어머니는 이 편지를 목요일, 아니면 금요일에 받아 보시겠지요. 어머니, 금방 오신다고 전보를 칠 수 있나요? 어머니가 토요일 아침에 특급으로 출발해서 저녁에 프리부르그에 도착하면 우리는 정말 기쁠 겁니다!

[*] 이 편지는 앙트완느가 스위스 프리부르그의 마리아 수녀회가 운영하던 생 장 빌라에 동생 프랑소와와 함께 기숙생으로 있을 때 쓴 것이다. 앙트완느는 거기에서 1915년부터 1917년까지 2년간 체류했다. 앙트완느의 어머니는 당시 앙베리외 역의 의무실 간호원장으로 있었다.

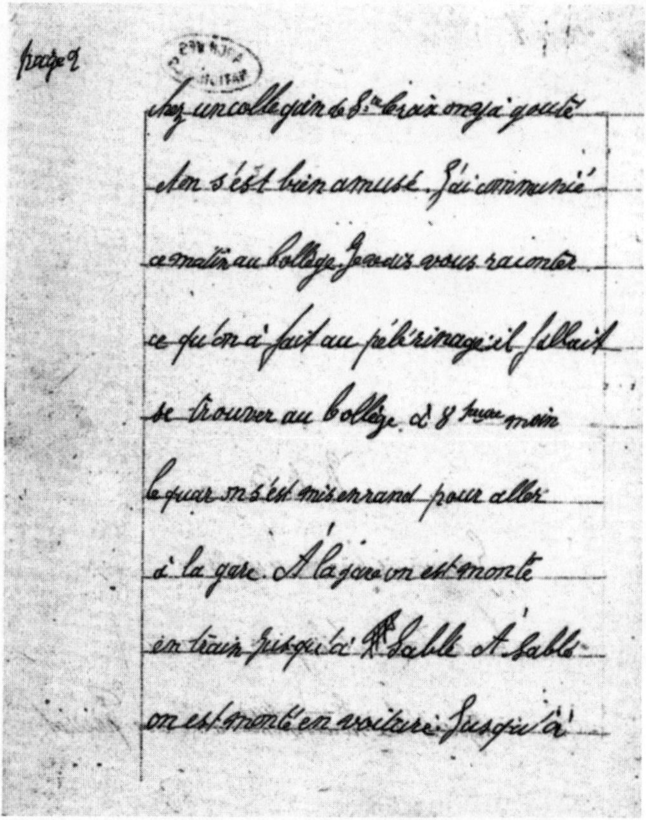

page 2

chez un collégien de Ste Croix on a goûté
et on s'est bien amusé. J'ai communié
ce matin au Collège. Je vais vous raconter
ce qu'on a fait au pélérinage il fallait
se trouver au Collège à 8 heures moins
le quart on s'est mis en rang pour aller
à la gare. A la gare on est monté
en train jusqu'à Sablé. A Sablé
on est monté en voiture jusqu'à

생 텍쥐페리가 어머니에게 보낸 편지

그렇지 않고 3월 초에나 온다면 우리는 몹시 실망할 거예요. 어머니는 왜 늦게 오려고 하시나요?

우리는 어머니께서 빨리 오길 바랍니다. 만약 빨리 못 오시더라도 가부를 알리는 전보는 편지를 받자마자 보내 주시겠어요? 그러면 우리가 어머니의 회답을 늦어도 금요일 저녁까지는 받고 주말을 다른 방도로 이용할 수 있을 테니까요. 그러나 어머니는 분명히 빨리 오고 싶으시지요?

또 만나요. 사랑하는 어머니, 진심으로 인사드리며 회답을 초조하게 기다리겠습니다.

경의를 표하는 아들, 앙트완느

추신 : 편지를 받자마자 저에게 답장해 주세요. 어머니의 답장을 받지 못하면 우리는 주말을 놓치고 맙니다. 늦어도 금요일 저녁까지는 받아야 합니다.

동생 프랑소와 어머니, 앙트완느

1917년 5월 18일 금요일, 프리부르그의 생 장 빌라

사랑하는 어머니,

날씨가 굉장히 좋습니다. 어제 비가 온 것을 빼면 비오는 것을 거의 보지 못했답니다! 본느비 부인[*]을 만났는데 그 분이 불쌍한 프랑소와[**] 이야기를 해주었어요! 부인이 대학입학 자격시험의 일이 모두 잘 해결되었다고 해서 이 문제는 안심이 됐어요. 내 서류를 잘 보냈는지 알기 위하여 파리로 어머니께 편지한 것은 쓸데없는 일이었어요. 잘한 일이긴 했지만요. 서류를 보냈다고 리용에 알리기만 하면 됐는데 그런 방법은 잊고 있었어요. 그래도 결국 다 잘 되었습니다.

어제는 샤를로와 산책을 했어요. 우리 세 사람에 샤를로가 함께한 것이었지요(이것은 3+1=4이지요).

성신 강림일이 있는 주일에 르체른[***] 보다 약간 더 먼 곳으로 연말 피정을 갈 거예요.

---

[*] 프리부르그 학교 동급생인 루이 드 본느비의 어머니.
[**] 동생 프랑소와 드 생 텍쥐페리는 관절 류마티즘으로 생 모리스 드 레마에서 1917년 7월 10일 사망했다.
[***] 중부 스위스 르체른 주의 수도. 서쪽에 호수가 있는 관광의 중심지.

생 텍쥐페리와 형제들. 왼쪽부터 마리 마들렌(별명은 '비슈', 1897~1927), 가브리엘('디디', 1903~1986), 프랑소와(1902~1917), 앙트완느, 시몬느('모노', 1898~1978). (1907년)

사랑하는 어머니, 안녕히 계세요. 진심으로 인사 드립니다.

경의를 표하는 아들, 앙트완느

1917년, 파리의 생 루이 고등학교

사랑하는 어머니*,

간단히 밖에 편지를 쓸 시간이 없습니다. 그래도 제게 매일같이 편지해 주세요. 어머니의 편지를 받으면 몹시 기쁘니까요! 모노** 누나편으로 제 앨범과 사진을 모두 함께 보내주세요. 이것들을 모노 방에서 잃어버렸거든요 (앨범이지 서류함은 아닙니다).

이공대학 지원생들과 철봉경기를 했는데 우리가 9대 0으로 이겼습니다. 왜냐면 우리는 휴식 시간에 철봉을 하면서 놀기로 했거든요.

특별히 우리 실력을 자랑하기 위해 그들과 힘을 겨루

★ 앙트완느는 1916년 파리에서 대학입학 자격을 획득하고 1917년 리용에서 대학입학 자격을 획득했다. 그후 파리에 있는 생 루이 고등학교에서 해군사관학교 입학시험을 준비했다.
★★ 앙트완느가 누나 시몬느에게 붙인 별명.

는 것을 기꺼이 승낙한 것이지요. 〔……〕

저는 잘 지내고 있습니다. 지난 주일에는 영성체를 했어요.

파제 선생님이 이렇게 말하더군요. "코로 선생과 내가 여러분에게 가르쳐준 수학을 끝까지 집중해서 배울 자신이 없는 학생은 지금 교실을 나가는 것이 잘하는 일입니다. 단호히 말하지만 만일 여러분이 수학을 좋아한다면 수학 문제를 겁내는 일은 없어야 합니다." 다들 열심히 공부합니다. 나도 열심히 따라가고 있으며, 그에 대하여 자랑스럽게 생각하고 있습니다. 잘 될 것입니다. 염려하지 마세요.

어머니께 다정스러운 인사를 드리는 바입니다.

어머니를 사랑하는 아들, 앙트완느

추신: 트뤼프 초콜릿을 만들어 주세요. 이런 것들을 많이 보내 주시면 배가 아플 때 좋을 것입니다.

저는 보쉬 할멈의 고기만두는 좋아하지 않아요. 이 유명한 분이 고생할 필요는 없습니다. 저는 진짜 과자와 마카롱 과자와 트뤼프 초콜릿(설탕에 졸이지 않은 것으로!), 봉봉사탕을 좋아합니다.

어머니 잘 아셨지요?

앙트완느는 부탁하고 가족들은 만드는군요.

빨리 만들어 주세요. 그리고 봉봉사탕을 갖다 주세요.

1917년, 파리의 생 루이 고등학교

사랑하는 어머니,

항상 기쁘게 생활하고 열심히 공부하고 있어요. 오늘 아침에는 작문을 공부했답니다. 매일 편지해 주세요. 편지를 받으면 정말 기뻐요. 친근하게 느껴지기도 하고요.

지도 신부님을 만났는데 신부님이 생트 크로와 중학교 *시절 아버지를 아셨다고 합니다. 아버지와 같은 학급에 계셨대요. 날씨가 무척 좋습니다. 게다가 우리는 공부를 열심히 합니다. 저는 거의 부족한 것이 없는데 우표가 없어요. 미안하지만 우표첩 두 개만 보내주세요.

사랑하는 어머니, 이만 줄이겠습니다. 그리고 다정한 인사를 드립니다.

존경을 표하는 아들, 앙트완느

---

* 앙트완느의 아버지인 장 드 생 텍쥐페리가 다니던 르망에 있는 노트르담 드 생트 크로와 중학교. 앙트완느도 이 학교에서 1915년 공부를 했다.

생 텍쥐페리의 아버지 장 드 생 텍쥐페리
(1863~1904)

어머니 마리 드 퐁스콜롱브(1875~1972)

1917년 11월 25일, 파리

사랑하는 어머니,

어머니 편지 감사히 받았어요.

오늘은 멋진 하루를 보냈어요. 모리스 아저씨* 댁에서 점심을 먹고, 저와 만나기로 약속한 이나미 고모가 방금 도착하셔서 우리는 오후를 숲에서 보냈어요. 지금 생 루이 고등학교에 돌아왔는데 약간 피곤하답니다. 저는 걷는 게 더 좋아서 기차는 거의 타지 않았어요(15킬로는 충분히 걸었어요).

마리 테레즈**는 목요일에 결혼해요. 그날 가보려고 합니다. 오데트 시네티가 제게 친절하게 편지를 했어요. 그들이 언제 올지는 모르지만 오데트를 만나면 즐거울 것입니다.

어머니는 어떻게 지내세요? 사랑하는 엄마, 너무 과로하지 마세요. 어머니도 아시겠지만 8월에 장교 시험에 합격하면 세에르부르그 수비대나 덩케르크 수비대, 아니면

★ 생 텍쥐페리 어머니의 사촌인 모리스 드 레스트랑주.
★★ 졸당 장군의 딸인 마리 테레즈 졸당으로, 1917년 11월 29일 장 드니와 결혼했다.

툴롱 경비대에 배속될 거예요. 그럼 2월에 장교가 될 때는 조그마한 집을 세로 얻어 우리 둘이 같이 살 수 있어요. 3일은 지상에서 근무를 하고 4일은 해상 생활을 한답니다. 그러니까 지상에서 보내는 3일을 우리는 같이 있을 수 있어요. 제가 이렇게 혼자 지내는 건 이번이 처음이잖아요. 그러니 처음에는 어머니가 나를 약간 보살펴 주셨으면 해요! 두고 보세요. 우리는 무척 행복할 거예요. 출발하기 전에 4개월이나 5개월을 이렇게 보낼 거예요. 어머니도 얼마 간 아들과 같이 있으면 좋으실 테고요.

리용보다 더 고약하게 불투명한 안개가 끼여 있습니다. 이 정도일 거라고는 결코 생각 못했는데요.

저에게 다음 물건을 보내 주세요(구매가 프리부르그처럼 허용되지 않았어요).

1. 중산모자 하나(아니면 차라리 다른 것을 하나 살 금액을 졸당 부인에게 보내주세요)와 '보토' 치약.
2. 구두끈(앙베리외에서 산 끊어지는 것 말고 리용에서 산 것으로).
3. 아직 12장은 남아 있지만 우표 약간(이것은 덜 급해요).
4. 선원용 베레모.

이번 목요일에 단 한 번 외출하기 때문에 그날 중산모와 베레모를 써야 해요(일요일에 이본느 이모와 함께 외출하기 위해서도 모자가 필요합니다). 그러니까 졸당 부인에게 오늘 월요일에 간단히 편지를 하세요. 목요일 전에 도착할 수 있도록 송금하면 그 날 급하게 중산모를 살 수 있어요. 또 입대 준비를 위한 베레모도 살 수 있고요.

다른 것은 별로 말씀 드릴 게 없어요. 내일 첫 번째 불어 작문 결과를 돌려주는데, 제 성적이 어느 정도인지 편지로 알려 드릴게요.

사랑하는 어머니, 또 편지할게요. 진심으로 경의를 표합니다. 편지해 주세요.

어머니를 사랑하는 아들, 앙트완느

1917년, 파리의 생 루이 고등학교

사랑하는 어머니,

어머니는 매일같이 나에게 편지하겠다고 약속하셨지요? 하지만 오래 전부터 편지를 거의 받지 못했어요⋯⋯

오늘이 목요일이니까, 3일 후인 일요일에는 망통 부

인 초대로 댁에서 점심을 먹을 거예요. 전에 한번 부인을 만나러 갔는데, 마침 아무도 없어 명함만 남기고 왔습니다.

침울하고 고약한 날씨군요. 지금은 저녁인데 음산해요. 파리 전체가 파란색으로 물들었습니다…… 전차들도 파란빛으로 빛나고, 생 루이 고등학교 복도도 파란색이에요. 그래서 참 이상합니다…… 이것 때문에 독일군이 갑갑해 하지는 않을 것 같습니다. 하지만 그렇지도 않더군요. 지금처럼 높은 창에서 내려다보면, 반사도 없고 번짐도 없는 큼직한 잉크 자국이 파리에 떨어졌다고 생각될 정도에요. 마치 빛이 사라진 풍경처럼 신기합니다! 길 쪽으로 향한 창문에 불이 밝혀진 사람은 벌금을 뭅니다! 큼직한 커튼이 필요해요!

방금 성서를 좀 읽었어요. 문체가 얼마나 신기하고 강력한지, 또 얼마나 명료하며 때로는 시적이기까지 한지요. 25페이지에 달하는 계명은 법률과 양식의 결작입니다. 도덕 계율이 유익하고 뚜렷하게 명시되어 있는데 정말 훌륭합니다.

어머니는 솔로몬 왕의 〈잠언〉을 읽으셨나요? 구약 성서의 〈아가서〉는 정말 훌륭하지요? 그 속에는 모든 것이다 있더군요. 가끔 염세주의론까지 발견되는데, 멋만 부린 작가의 염세주의론과는 전혀 다른 참다운 것이지요. 어머니는 구약 성서의 〈전도서〉를 읽으셨나요?

이만 줄입니다. 저는 말하자면 몸과 마음 건강히 잘 지내고 있습니다. 정다운 인사를 받아주세요.

사랑하는 아들, 앙트완느

1917년, 파리의 생 루이 고등학교

사랑하는 어머니.

새 편지지를 어머니를 위해 처음으로 씁니다.

만약 여기 오실 거라면, 제가 필요한 지도책을 더 빨리 받도록 직접 가져오세요. 그럼 진심으로 감사하겠습니다.

어머니가 저를 위해 해 주신 모든 것에 감사드립니다. 제가 간혹 언짢게 군다고 은혜를 모른다고 생각하시면 안 돼요. 사랑하는 어머니, 제가 얼마나 어머니를 사랑하는지 잘 아시지요?

항상 수학 공부를 열심히 합니다. 독어도 좀 공부할 거예요.

휴가지에서 생 텍쥐페리와 가족들

내일 또 편지하겠습니다. 정다운 인사를 보내요.

경의를 표하는 어머니의 아들, 앙트완느

1917년, 파리의 생 루이 고등학교

사랑하는 어머니, 우리 반 조직에 방금 위기가 찾아왔어요. 새로운 조직이 시작되었습니다. 원래는 다음과 같은 조직이 있었어요.

(A) 반장, (B) 부반장, (C) 규율 부장, (D) 회계 담당

그런데 반장이 반에서 위태로운 권한을 공고히 굳히기 위해 신임 투표를 실시했던 것이 내부 위기의 결과로, 불신임 투표가 되었습니다. 그래서 조직이 사직하게 된 것입니다. 빈 교실에서 한 시간 반 동안 엄숙하게 회의를 했고 진지한 토론이 이어졌습니다. 회의 결과 다음과 같은 새로운 조직이 구성되었어요.

반장 : 뒤퓌,
부반장 : 수르델,
규율 부장 : 생 텍쥐페리.

회계 담당자는 뽑을 수 없었어요. 복잡한 음모와 반음모 때문에 회계 담당자가 곧 사직한 것입니다(정말 국회 같았습니다). 그래서 복도에서 하룻동안 협상한 후에 다시 신기한 활기를 띠었는데, 우리는 회계의 역할을 제외하고 내각을 구성하고 말았습니다. 우리는 드디어 계획을 승인했습니다. 약간의 의사 방해 시도와 불신임 투표 시도가 있었지만 실패로 끝나고, 결국 새로운 조직이 확고하게 수립된 것입니다. 나는 전에 선도 부장으로 있었지만 내각은 아니었어요. 다른 사람들처럼 한 사람의 부원이었습니다. 그러나 지금의 위치는 신입생 신고식이나 소란한 일들을 관리하는 오케스트라 지휘자처럼, 부원을 우리가 임명하고 해임할 수 있는 각료입니다. 그래서 우리는 엄격한 규율을 유지하려 합니다. 반 아이들은 내각에게 절대적으로 복종해야 하니까요. 가장 마음에 드는 것은 우리 반의 자료 몇 개를 빼내어 어머니께 보여드릴 수 있게 된 거예요. 그렇게 할 필요가 있는 것이, 실로 일반 대중에게는 공개가 어려운 자료거든요.

새로운 일은 없습니다. 앙베리외에서 어머니를 다시 만나겠습니다. 그리고 우리는 즉시 남프랑스로 떠나겠지요. 물리 구술 시험에 합격했는데 14점(20점이 만점임)을 받았습니다. 이 점수는 그렇게 나쁘지는 않아요.

시간이 없기 때문에 여기서 줄입니다. 정다운 인사를 드립니다.

존경을 표하는 어머니의 아들, 앙트완느

1917년, 파리의 생 루이 고등학교

사랑하는 어머니,

이런 일이 있었어요. 벨기에 왕의 누나 되시는 방돔 공작부인 댁에서 점심을 먹었습니다. 나는 기뻐서 마음이 설랬어요. 모두 유쾌했습니다. 전하께서는 몹시 현명하면서도 재미있는 분처럼 보였습니다. 나는 실수하지 않고 한 번도 당황하지 않았어요. 아나이 고모도 만족해 하셨습니다. 만일 고모님이 어머니께 뭐라고 편지했으면 그 편지를 저에게 보내 주시겠어요?

가장 기쁜 것은 방돔 공작부인이 어느 일요일 코미디 프랑세즈*에 함께 가도록 나를 초대하겠다고 말한 것이

★파리 리슐리외 가에 있는 국립 극장으로 주로 고전극을 상연한다.

에요. 대단한 영광이지요?

저녁에는 아나이 고모* 덕분에 특별한 곳을 방문했어요(조화급수의 조건만큼 대단히 다양함). 오찬은 기막히게 맛이 좋았고, 오후 간식도 그에 못지 않았습니다. 모두 눈이 번쩍 뜨일 정도로 훌륭한 음식이었어요.

그날은 피날레로 S씨를 방문했어요. 다른 사람들은 없었기 때문에 S씨 부처만 만났는데, 두 분이 저를 일요일 8시의 식사에 초대했습니다. S씨 댁에서 점심을 하고, 저녁에 몰르로 가는 급행 열차를 탈 계획입니다…….

기차표와 좌석을 예약해야 되니까 우선 전신환을 빨리 보내주세요. 예약을 하려면 별로 시간이 없어요.

잉베리외에는 비가 옵니다. 하지만 몰르에는 햇빛이 나고 디디가 있을 거예요. 13일 동안이니 마땅히 그래야 하지요.

지난 일요일에 제가 뒤베른** 아저씨 댁을 방문했다는 것을 말씀드렸는지 모르겠군요. 오후에는 졸당 가족이 〈어린 왕비〉를 보자고 나를 극장에 데려갔어요. 이 연극

★ 아나이 고모는 방동 공작부인의 궁녀였다.
★★ 외젠느 뒤베른 공작은 생 텍쥐페리 어머니의 사촌인 프랑스와즈 드 퐁스콜롱브 여사와 결혼했다.

은 파리에서 성황을 이루고 있는데 무척 멋있었답니다.

사랑하는 어머니, 진심으로 정다운 인사를 보내며 이만 줄이겠습니다. 제가 어머니를 얼마나 사랑하는지 모릅니다…….

존경을 표하는 어머니의 아들, 앙트완느

추신 : 결국 파리는 시골보다 덜 위험한 도시입니다. 지방 도시에서 방탕하게 지내던 친구들도 신상이 위험하기 때문에 파리에서는 약간 현명하게 처신하거든요. 도덕적으로 저는 잘 해나가고 있습니다. 그리고 언제까지나 어머니를 사랑하는 정다운 토니오*로 저는 남아 있을 거예요.

1918년, 파리의 생 루이 고등학교

사랑하는 어머니,

예정보다 다섯 시간 늦게 생 루이 고등학교에 도착했어요. 나는 울적하지만, 이 시기는 곧 지나갈 거라고 생각

★ 앙트완느의 애칭.

해요. 일요일에는 졸당 부인 댁에 가고 시네티 씨 댁에서 오후 간식을 먹을 거예요. 나는 로즈* 아주머니를 방문하려고 하는데 주소를 모르겠어요. 어머니께서 알려 줄 수 있나요?

어머니께서 남프랑스에 가시게 되어 무척 다행이에요. 하지만 저는 거기 갈 수가 없어요. 얼마나 떨어져 있어야 하나요?

날씨가 침울하고 고약합니다. 지독히 춥습니다……. 발에 가벼운 동상이 걸렸습니다. 그리고 정신에도요. 왜냐면 저는 수학이 싫어졌거든요. 이제 수학은 지긋지긋 합니다. 쌍곡선 포물선 토론에서 말이 막히고, 무한대 위에서 미끄러집니다. 존재하지 않는 허수(실수實數는 아주 드뭅니다)로 몇 시간을 씨름하다 2차 미분을 적분하지요. 정말 하나도 재미가 없어요! 젠장!

그래도 이렇게 말하니 정신이 드는 것 같아요. 나는 파제 선생님과 이야기를 했어요. 나는 그분에게 돈을 드렸는데, 어머니도 선생님께 405프랑을 드려야 해요. 하지만 잔금을 다음 학기 계산서에 기재하시겠다고 합니다. 그분

★ 생 텍쥐페리 어머니의 사촌이며 기욤 레스트랑쥬 백작 부인인 로즈 그라비에.

은 내게 약간 희망이 있대요. 그래서 수학공부에 그나마 위로가 되었어요.

내가 다소 울적하더라도 염려하지 마세요. 곧 나아질 것입니다. 어머니가 아름다운 고장에 계셔서 다행입니다. 친절한 디슈*가 앞으로 어머니를 기분 좋게 할 거예요.

졸당 부인**이 수집한 작은 책들을 가져와서 넋을 잃고 읽었어요. 무척 유익할 것 같아요. 내일 그분에게 이것저 것 구해볼 생각이에요. 〈매독 환자들〉(제 생각엔 브리외***의 작품)처럼 도덕적인 것도 있었어요.

사랑하는 어머니, 더 할 말이 없으므로 이만 줄일게요. 다정한 인사 드립니다. 전처럼 매일 편지해 주세요.

어머니를 사랑하고 존경하는 아들, 앙트완느

1918년, 부르 라 렌느의 라카날 고등학교

사랑하는 어머니,

★ 생 텍쥐페리 여동생 가브리엘의 별명.
★★ 생 텍쥐페리 어머니의 친구로 매주 앙트완느를 불러 앞으로 닥칠 위험을 경고하는 도덕적인 책을 읽게 했다.
★★★ 19세기 말과 20세기 초에 활약한 프랑스의 극작가.

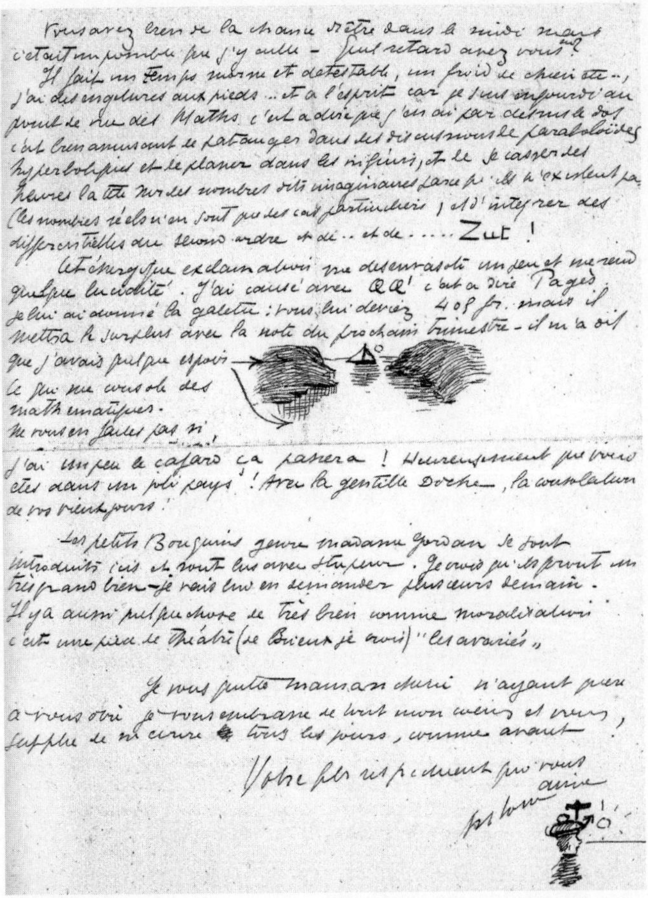

생 텍쥐페리가 어머니에게 보낸 편지(1918년)

Vous avez bien de la chance d'être dans le midi mais c'était impossible que j'y aille - Quel retard avez vous ?

Il fait un temps morne et détestable, un froid de chien etc.., j'ai des engelures aux pieds... et à l'esprit car je suis aujourd'hui au point de vue des Maths c'est à dire que j'en ai par dessus le dos. C'est bien amusant de patauger dans les discussions de paraboloïdes hyperboliques et de planer dans les infinis, et de se casser des heures la tête sur des nombres dits imaginaires parce qu'ils n'existent pas. Les nombres réels n'en sont que des cas particuliers ; et d'intégrer des différentielles du second ordre et de.. et de.... Zut !

Cette énergique exclamation me désenrassote un peu et me rend quelque lucidité. J'ai causé avec QQ' c'est à dire Pagès ; je lui ai donné la galette : vous lui devez 408 fr. mais il mettra le surplus avec la note du prochain trimestre - il m'a dit que j'avais quelque espoir → le seul qui me console des mathématiques. Ne vous en faites pas si...

J'ai un peu le cafard ça passera ! Heureusement que vous êtes dans un joli pays ! Avec la gentille Doche, la consolation de vos vieux jours !

Les petits Bouquins genre madame Gordan se sont introduits ici et sont lus avec stupeur. Je crois qu'ils feront un très grand bien - je vais leur en demander plusieurs demain. Il y a aussi quelque chose de très bien comme moralisation c'est une pièce de Théâtre (de Brieux je crois) "Les avariés".

Je vous quitte maman chérie n'ayant plus rien à vous dire je vous embrasse de tout mon coeur et vous supplie de m'écrire tous les jours, comme avant !

Votre fils respectueux qui vous aime

Antoine

생 텍쥐페리가 어머니에게 보낸 편지(1918년)

저는 잘 지내고 있어요. 어머니가 보낸 편지도 어제 받았고요.

생 루이 고등학교가 우리를 이곳으로 인솔했고 지독한 지도교사가 감시하긴 하지만 이곳이 나쁘지 않습니다.

여기도 공원이 하나 있는데 들어가는 것은 금지돼 있습니다. 다행히 운동장이 무척 넓고 나무들이 많습니다……

코로 선생[*]은 상상할 수도 없게 멋진 분입니다. 저는 희망적입니다. 어머니도 제가 합격할 것을 믿고 계시지요?

토요일 저녁에 졸당 부인을 찾아가 묵을 계획인데 몹시 기대가 됩니다.(필적이 눈뜨고 볼 수가 없게 되었군요. 지금 바쁘답니다.)

이제 더 넓은 학교에 갇혀 파리보다 고립되어 있긴 하지만 그다지 울적하지는 않을 것입니다.

내 방을 하나 가질 수 있을 것 같아요. 어쨌든 어머니께서는 제 방을 요구하는 편지를 한 통 써 동봉해주세요. 만약의 경우에는 어머니의 편지를 이용하겠습니다. 방의

[*] 해군사관학교 입시 강의를 맡은 수학 선생.

수가 제한되어 있으므로 방 신청을 받는 날 빨리 신청을 하면 내 방을 가질 수 있습니다. 그래도 확실히 하려면 예비로 어머니의 편지를 갖고 있는 것이 더 좋겠지요. 더구나 신청일도 가까워졌습니다.

음산한 날씨입니다. 전혀 덥지는 않구요. 내의나 옷가지 등 제게 필요한 모든 것이 마련돼 있습니다. 단지 넥타이가 하나 필요해서 일요일에 살 것입니다.

어머니는 어떻게 지내세요? 야전병원 일로 너무 과로하지 마세요. 사진을 찍으신 게 있나요? 갖고 계시면 한 장 확대해서 보내주세요. 나는 슈외페르*씨를 만났어요. 그분이 보여준 원판은 너무 까맸지만 나쁘지 않더군요(좀 더 밝게 뺄 수 있다고 합니다). 토요일에 다시 갈 것입니다.

로즈 아주머니는 항상 인상이 좋은 분이세요. 하지만 아주머니에게 가장 호감이 가는 것은 뭐니뭐니해도 간식이지요. 저는 일요일에 아주머니 댁에 가서 간식을 먹는데, 그러면 일주일 내내 버터가 뱃속에 들어있는 기분입니다…… 맛있고 신선하며 잘 녹는 버터 맛이 일품입니다!

★ 동생 프랑소와 드 생 텍쥐페리의 사망에 즈음하여 앙트완느가 가진 원판으로 일면의 사진을 뺀 사진사.

덕분에 어머니 아들은 잘 먹고 잘 자고 공부도 잘한답니다.

앙트완느

1918년 6월, 라카날 고등학교

사랑하는 어머니,

잘 지내실 거라고 생각합니다. 그래도 어머니께 편지 받는 것을 고대하고 있어요. 내가 얼마나 어머니를 보고 싶어 하는지 아신다면 나를 만나러 오시겠지요?

내일 일요일에는 외출을 할 거예요. 제가 외출을 금지 당한 것은 아닌데(우리는 24명 중 4명만 외출을 합니다) 금주까지 208시간 동안 외출을 못 했답니다.

오늘 저녁은 날씨가 좋군요. 분명 폭격기 소리에 잠에서 깨어 지하실로 숨을 거예요. 언제 한 번 오셔서 탄막 사격 소리를 들어 보셔요. 태풍이 몰아치는 바다 위의 폭풍우 가운데 있는 것 같습니다.

참 대단합니다. 그런데 바깥에는 있지 말아야 합니다. 바깥으로 파편이 사방에 떨어져 사람을 죽일 수도 있거든요. 우리는 그 파편을 공원에서도 발견했어요.

생 텍쥐페리가 그린 그림

다음 내용을 모노 누나에게 전해 주세요.

금요일 저녁에 누나를 보내 주세요. 누나가 토요일 오전에 도착하면 나는 오후에 외출할 것입니다. 나는 졸당 부인 댁으로 누나를 만나러 갈 거예요. 우리는 저녁을 같이 먹고 둘이서 극장에 갈 것입니다. 다음날 아침 일요일에는 함께 르망으로 출발할 거예요.

토요일 저녁 누나의 잠자리는 내가 로즈 아주머니께 말해 두겠습니다. 거기가 좋을 거에요. 다만 극장 좌석을 예약할 수 있도록 가능한 한 빨리 회답해 주세요(극장 좌석은 그다지 비싸지는 않아요). 따라서 다음처럼 제게 편지(로즈 아주머니는 내게 르망으로 오라고 재촉합니다)를 보내 주실 수 있겠지요. 〈너의 사촌 누나★ 결혼식에 참석하기 위해 르망에 가는 것을 허락하도록 코로 선생님께 요청하렴. 누나를 동반하기 바란다.〉 머지않아 독일군이 파리를 점령하지나 않을까 사람들이 걱정하는 것 같습니다. 모든 신문마다 그런 기사를 싣고 있어요. 언젠가 독일군이 오게 되면 나는 도보로 철수할 생각이지만(기차를 타려고 시도

★ 사촌 앙트와네트 드 생 텍쥐페리는 1918년 6월 18일 르망에서 장 드 그랑매종과 결혼했다.

한들 소용없는 일일 것입니다), 그러나 그런 가능성은 거의 없습니다.

라카날 학교 생활은 그다지 권태롭지 않습니다. 우리는 지금……

〔편지 끝 부분은 분실됨〕

1921년, 스트라스부르그

사랑하는 어머니[*],

어머니 편지를 어제 유치 우편으로 받았어요. 내가 매일 외출하게 될 때까지 막사로 편지해 주세요. 그리고 이후에는 시내 주소로 편지해 주세요.

스트라스부르그는 우아한 도시입니다. 대도시다운 특색이 있고 리용보다 커요. 시내에 멋있는 방을 하나 발견했어요. 마음대로 쓸 수 있는 아파트 전화와 욕실이 있어요. 스트라스부르그의 가장 멋있는 거리에 붙어라고는 한

[*] 앙트완느는 해군사관학교 입학시험에 실패하고 1920~1921년에 미술 학교의 건축과 입시를 준비했다. 그 후 1921년 4월 2일 스트라스부르그에 있는 항공 연대에 지원하여 지상 근무원 자격으로 배속되었다. 그는 기상 비행 근무자로 채용되기 위해 노력했다.

마디도 모르던 정직한 부부가 살던 살림집이에요. 방은 호화롭고 중앙난방이 되어 더운 물이 나와요. 그리고 전등이 둘, 옷장이 둘, 건물 내에 엘리베이터도 하나 있고요. 가격은 매월 120프랑이랍니다.

항공 업무를 주관하는 펠리공드 사령관을 만났는데 인상이 좋은 분이었어요. 그런데 제한 사항이 많아 제가 지원하는 비행 업무를 맡기는 것은 어렵대요. 여하튼 2개월 내에는 아무런 변화가 없을것 같아요.

저는 지금 병영 구내식당에서 편지를 쓰고 있어요. 아침에는 우직하고 볼이 통통한 한 병사의 감독하에 이 상점 저 상점을 둘러봤어요. 군용 식기와 구두를 사려고요.

사령부는 무척 활발합니다-스파드나 니외포르 같은 비행기가 이곳에서 경쟁적으로 곡예를 하지요.

키에페르 씨는 2주일 혹은 일주일에 한 번 제게 건축을 가르쳐요.

사령부는 스트라스부르그의 길 끝에 있어요. 일할 때에는 오토바이가 거의 필수적인데, 이 이야기는 나중에 다시 할게요. 만약 오토바이를 갖게 되면 알자스 지방을 좀 구경할 생각이에요.

뮐루세, 알트키루스, 콜마르* 철도를 횡단하고 아르트

만 월케르코프**산꼭대기를 멀리서 바라보며 말입니다. 저 좁은 산꼭대기에 6만 4천여 명이 있습니다.

스트라스부르그의 재원은 유명한 오페라단 같아요. 펠리공드 사령관이 그렇게 말했어요.

내 생각에 군복무는, 엄격히 말해서-적어도 항공술로는- 할 일이 전혀 없어요. 경례하는 것을 배우고, 축구를 하고, 주머니에 손을 넣고 지루한 시간을 보내며 입술에 꺼진 담배를 물고 있는 게 전부입니다.

동료들이 불쾌하지는 않아요. 그래도 너무 지루할 때는 심심풀이로 시간을 때울 책을 주머니에 가득 넣어가지고 다닙니다. 빨리 항공술을 배우게 되면 행복할 거예요.

우리가 언제 제복을 입을지 모르겠어요. 장비도 아직 받지 못했어요. 우리는 평복을 입고 다녀 바보들처럼 보여요. 지금도 두 시간 동안 할 일이 없군요. 두 시간 후에도 기껏 하는 일이 A에서 B로, B에서 A로 사람을 바꾸는 거지요. 그 다음에는 또 자리를 바꿔 원래 자리로 돌아가게 하지요.

★ 모두 스트라스부르그 남부 독일 국경 지대의 도시들이다.
★★ 일명 비이유 아르망이라고 하며 보즈 산맥의 꼭대기를 말한다. 독불간의 격전 지대로 유명하다.

사랑하는 어머니, 안녕히 계세요. 다시 말하지만 저는 만족합니다. 어머니를 사랑하는 만큼 정다운 인사를 보냅니다.

경의를 표하는 어머니의 아들, 앙트완느

1921년 5월, 스트라스부르그

사랑하는 어머니,

비행사 후보생으로 선발될 때까지 내가 어떻게 …… 교관으로 선발됐는지 상상해 보세요. 5월 26일부터 엔진 발동과 항공 역학 이론을 강의할 거예요. 아마 한 학급을 맡겠지요. 칠판과 많은 학생들도 생길 테고요. 하지만 그 다음에는 분명 비행사 후보생으로 선발될 것입니다.

지금으로서는-다른 사람들의 기만적인 생각과는 반대로-우리 연대가 좋다고 생각해요.

우선 우리는 운동만 해요. 요컨대 연대는 일종의 축구 대학이지요. 중·고등학교 시절의 자질구레한 놀이(공 사냥, 개구리 뜀)를 하기도 하고요. 그때와 다른 점은 이런 운동이 강요된다는 것이고, 잘못하면 지하 감옥의 밀짚에서 잠을 자

군 복무 시절의 생 텍쥐페리(1921)

야 한다는 것입니다……. 또 그때와 비슷한 건 '아무개 백 번 반복, 집합할 땐 지휘관 왼쪽으로' 보내지는 것이지요.

오늘 저녁에는 티푸스 예방 주사를 맞았어요.

같은 내무반 동료들도 모두 마음에 들어요. 동료들끼리 는 서로 베개 싸움을 해요. 동료들은 저를 좋아한답니다. 이런 일이 자주 있어요. 제가 맞을 때보다 때릴 때가 더 많아요.

제가 맡은 교수직에 대해 다시 말씀드릴게요. 그렇지만 이것은 우스운 일이에요. 어머니도 나를 교수로 생각하나 요?

점심과 저녁은 재미있는 동료 한두 명과 간이식당에서 먹어요. 그리고 저녁 6시에는 퇴근을 하고 집에서 목욕을 하고 홍차를 만들어 먹어요.

그런데 강의 준비를 위하여 비싼 책들을 사보는데 곤란을 느낍니다. 편지를 받는 즉시 돈을 보내주시겠어요?

또 그것 말고도 매월 5백 프랑씩 보내주시겠어요? 거의 이 금액만큼 돈을 쓰거든요.

비이 대위가 우리 중대장인데요, 혹시 이 분을 아신다면 나를 추천해 주세요.

어머니는 지금 파리에 계십니까? 돌아갈 때는 우아한

도시 스트라스부르그에 꼭 들르세요. 제가 교관이 되었으니, 휴가도 자유로울 겁니다.

이만 줄일게요.

어머니를 사랑하는 만큼 정다운 인사를 보냅니다.

존경심을 표하는 어머니의 아들, 앙트완느

추신 : 돈은 항상 부대로 보내주세요(편지는 시내 주소나 부대나 상관없어요). S·O·A 공군 제2연대. 중앙 스트라스부르그, 바라인현.

1921년 토요일, 스트라스부르그

사랑하는 어머니,

달리 새로운 일은 없어요. 그러나 막사에서 생활할 때보다는 변하는 게 많지요. 조금씩 초조해집니다. 한 달 후에 내가 비행기를 조종할 수 있는지 없는지 알게 돼요. 신청서는 냈어요.

주사를 맞은 상처 때문에 몹시 아팠는데 다 낫기까지 오랜 시간이 걸렸어요.

당분간 방에서 지낼 겁니다. 방금 방에서 목욕을 했어요. 일과가 언제나 시간을 빼앗아서 휴식 시간은 극히 짧습니다.

내게 자주 편지해 주세요. 편지를 받으면 얼마나 마음이 편해지는지 아시나요? 매일 생 모리스에서 보내온 편지를 받으면 좋겠어요! 그러니 교대로라도 써주세요.

저는 파리는 못 갔어요. 파리에서 책 몇 권을 구해야 하는데 다른 방법으로 입수하기로 했습니다. 할 수 없지요.

어머니께서 보낸 우편환은 아직 도착하지 않았어요. 분실된 건지 아니면 아직도 보내지 않으신 건지요? 어머니께서 4일 전 지난 수요일에 보내셨다고 하셨지요? 저는 돈이 한 푼도 없어요.

알코올 난로 앞에서도 성냥이 없어 홍차를 끓여 먹을 수 없어요. 그러면 초라한 기분이 듭니다.

모로코로 보내는 지원병을 구하고 있다고 합니다. 지원서는 1개월이나 3주 내에 승인이 된다고 하니, 만일 비행사로 선발되지 않으면 지원서를 낼 생각이에요. 그러면 최소한 사브랑*은 만나겠지요.

시간이 거의 없으니 26일 개강하는 다음 강의를 준비

---

* 마르그 사브랑은 앙트완느의 친구이자 옛 급우이다.

해야겠습니다. 〔……〕

출발하려면 아직 10분은 더 남았어요. 그래도 지각하지 말아야 합니다……. 늦으면 감옥에 갑니다.

성신 강림 때 48시간 파리로 외출 허가를 받을 거예요. 생 모리스를 가려면 적어도 왕복 30시간은 걸리는데, 파리는 그래도 비행기로 갈 수 있을 것 같아서요.

그때 어머니께서는 남프랑스 비슈에 계시겠어요?

그때 파리로 가세요?

이만 줄이면서, 어머니를 사랑하는 만큼 다정한 인사를 드립니다.

존경심을 표하는 아들, 앙트완느

추신 : 디디는 소포를 보내겠다고 약속했나요?(소포에 갈레트 빵과자를 넣어서……) 오늘 아침 막사로 우편환(엽서 모양으로 된) 보내는 것을 잊지 마세요.

1921년 5월, 스트라스부르그

사랑하는 어머니,

방금 비이 중대장을 만났는데 제게 호의적이었어요. 그리고 비상시에 이곳에서 준비할 일이 많다며 어머니께 회답하는 것을 제게 맡겼습니다.

그 분은 제가 민간 조종사 면허증을 따는 것을 좋게 봅니다. 그런데 그 전에 다음 사항을 지시했어요.

1. 내일 의무실을 방문해서 신체 재검사를 받을 것.
2. 민간 항공회사와 기타 정보에 관해 상부와 의논할 것.

모든 것이 잘될 거라고 낙관합니다. 그래서 어머니께 미리 알려드리는 거예요.

스파드 에르브몽 기를 타면 내릴 때에는 정신이 하나도 없습니다.

저 상공에서는 공간 관념, 거리 관념, 방향 감각이 완전히 사라진답니다. 육지를 찾으려면 머리 위를 봤다, 발 아래를 봤다, 다시 왼쪽과 오른쪽을 봐야 해요. 너무 높게 떴다는 생각이 드는 순간 갑자기 수직으로 선회강하하여 땅에 떨어지기도 하고, 너무 낮게 떴다는 생각이 드는 순간 바로 500마력 엔진의 힘으로 2분에 1천 미터씩 오르기도 하지요. 그러다 비행기는 춤을 추며 앞뒤로 흔들리며 날아갑니다. 아이 참!

내일도 구름 낀 해상에서 해발 5천 미터 고도로 비행을 할 거예요. 다른 친구가 조종하는 비행기와 공중전을 개시할 거예요. 선회강하, 공중회전, 선회를 하다보면 일 년 내내 먹은 모든 식사가 내 위장에서 송두리째 뽑힐 지경입니다.

나는 아직 기관총은 못 쏩니다. 그래도 비행기를 타는 건 내가 습득한 지식이 있기 때문이지요. 어제는 태풍이 불었어요. 비가 내리며 시속 280 내지는 300킬로미터 속도로 얼굴을 스치더군요. 민간 조종사 면허증과는 별도로 9일부터 기관총 사격 훈련을 시작합니다.

어제는 전투기 검열이 있었어요.

윤이 나는 1인승 소형 스파드 기들이 기관총을 장비한 채 산등성이 밑 격납고를 따라 나란히 세워져 있더군요— 기관총은 3일 전부터 장비한 거예요—. 또 기체가 뚱뚱한 앙리오 기, 공중의 제왕인 스파드 엘브몽 기가 있습니다. 그 옆에는 아무 비행기도 세워두지 않았는데, 옆에서 보면 날개를 찌푸린 눈썹 같아 험악해 보인답니다.

스파드 엘브몽 기가 얼마나 고약하고 잔인해 보이는지 어머니는 상상도 못 할 거예요. 무서운 비행기지요. 제가 열열이 타고 싶어하는 비행기이기도 하고요. 이 비행기는 마치 상어가 물속을 다니는 것처럼 공중을 휘젓고요, 이상하리만치 반들거리는 몸체도 정말 상어를 닮았어요! 부드럽고 빠르게 선회를 할 때도, 날개를 세우고 수직으로 공중을 달릴 때도 꼭 상어 같아요.

요컨대 저는 열정적으로 생활했어요. 그런데 내일 신체검사에서 떨어지면 정말 실망할 거예요.

이 간단한 그림대로 내일 공중전이 있을 거예요.

정렬해 둔 항공기를 보고, 엔진이 붕붕 발동 걸리는 소리를 듣고, 익숙한 휘발유 냄새를 맡으면, "독일군은 혼쭐이 날 거야" 하고 생각하게 돼요.

사랑하는 어머니, 또 편지할게요. 진심으로 다정한 인사를 보냅니다.

존경을 표하는 어머니의 아들, 앙트완느

1921년, 스트라스부르그

사랑하는 어머니,

어제 어머니의 전보를 받았어요. 중대장이 어떻게 결론을 내렸는지 말씀드릴게요.

저는 방금 두 의사에게 진료를 받았는데, 비행사로 근무해도 좋다는 판정을 받았어요.

지금 군대의 허락을 기다리고 있어요. 은행에 예치할 1천 프랑을 포함해서 1천 5백 프랑을 가져 오실 수 있나요? 목요일이 아닌 내일 저녁에 말이에요.

어머니, 제가 얼마나 비행사가 되고 싶은지 아세요? 만일 이 꿈을 이루지 못하면 저는 무척 불행해질 거예요. 하지만 나는 꼭 비행사가 될 겁니다.

세 가지 해결책이 있습니다.

1. 1년이나 그 이상의 병역 지원에 서명하는 것.
2. 모로코에 가는 것.
3. 민간 조종사 면허증을 받는 것.

이 세 가지 중 한 가지를 택할 거예요. 이젠 증명서가 있으니 저는 비행사가 될 수 있어요.

다만 앞의 두 가지 해결책은 만족스럽지 않아요. 중대장과 나는 세 번째가 묘책이라는 데 동의했습니다. 민간 조종사 면허증이 있으면 입대 지원서에 서명하지 않고도 정당하게 군대 면허증 시험을 볼 수 있어요.

어머니의 전보를 받고 걱정했어요—민간 조종사 면허증은 비용이 들기 때문에 최후의 수단으로서 어머니께 달려 있지요—. 빌리지 않는 한 나는 방법이 없어요. 어머니는 제 요청을 거절할 건가요? 어머니, 저를 도와주시지 않겠어요? 모든 것이 잘 진행되고 있습니다. 이 일을 처리해주는 비행 중대장도 어머니의 편지를 보면 어처구니 없다고 생각하지 않겠어요? 어머니, 대답해 주세요.

달리 방법이 없으면 군지원 계약을 맺을 겁니다. 따분한 이런 생활을 2년 하느니 3년 동안 군복무를 하는 편이 더 좋겠어요. 그러나 이건 합리적인 해결책이 아닐 겁니다. 어머니, 오늘 전신환을 보내주시든가 아니면 금요일 말고 내일 저녁 출발해 주세요.

어머니를 만나는 건 매우 기쁜 일입니다. 그렇지요, 어머니. 하지만 오셔서 저를 실망시키지는 마세요. 지금은 굉장히 긴박합니다. 아시겠지요? 그런데 벌써 나는 많은 시간을 소비했답니다.

어머니의 전보는 진심이 아닐 거라 믿어도 좋지요?

진심으로 정다운 인사를 보냅니다.

경의를 표하는 어머니의 아들, 앙트완느

1921년 5월, 스트라스부르그

사랑하는 어머니,

어제 병영 초소에서 어머니의 전보를 받았는데 회답은 못했어요.

일반 규칙으로는 중대한 이유가 아니면 전보는 거의 칠 수 없거든요(그러려면 우편물 취급 하사에게 부탁해야 해요). 그리고 막사는 스트라스부르그 시내와 멀리 떨어져 있는데 우리는 가끔 너무 늦게 외출을 하고요.

그리고 어머니의 편지는 받았지만 우편환은 막사에서 분실할 뻔했습니다. 우편환이 도착했을 때 이름이 틀리게 쓰여졌거든요. 디디의 소포를 받으며 우편환도 받을 수 있었습니다(디디의 소포가 있어 이름을 정정하는 것이 가능했습니다).

요즘 곰곰이 생각도 하고 문의도 하고 상의도 해보았

습니다. 만일 2년 동안 무엇인가 하고 싶다면 제게는 다른 해결책이 없어요. 저에게 자유시간이라고는 저녁에 반 시간뿐입니다. 훈련으로 기진맥진해 있는데 어떻게 다른 일을 하겠습니까? 어떻게 이런 생활을 체계적으로 꾸리겠습니까? 동부항공운수회사(민간회사)와는 타협을 끝냈습니다. 모든 것이 규정대로 입니다. 나는 수요일에 견습 근무를 시작할 거예요. 기간은 3주나 1개월 동안이고, 그때 파리에서 어머니를 만날 것입니다.〔……〕

백 번 비행 훈련한 경험에 의거하기 때문에 견습 근무는 훨씬 나았습니다(비행 횟수가 몇 번이든 2천 프랑입니다).

수요일이면 시작합니다. 저는 단호히 마음을 굳혔어요. 다른 비행사와 기관총을 겨누는 것은 위험하지만, 그래도 여기서는 내가 무엇인가를 할 수 있기 때문입니다.

내일 막사로 1천 5백 프랑을 송금해주시겠어요? 그 중에 1천 프랑은 보증금인데 면허증을 받은 후에 내가 찾거나 어머니께서 직접 찾아갈 수 있어요. 나머지 5백 프랑은 내야 할 돈의 1/4이고요.

나는 몹시 느린 '파르망' 기로 배우고 있는데, 이 비행기는 조종 장치가 이중으로 되어 있어요. 불안해 할 필요는 조금도 없습니다. 지금부터 3주간 조종석을 떠나지 못

할 거예요. 거의 매일 군용기를 조종하던 것처럼-예컨대 오늘도- 달라진 건 없습니다.

어머니는 편지에 심사숙고한 후에 결심하라고 하셨지요. 그렇게 결심했다는 것을 단언하는 바입니다. 저는 낭비할 시간이 없어서 서두르는 거예요.

하여튼 수요일에 일을 시작합니다. 그렇지만 회사에서 곤란하고 난처한 입장에 빠지지 않으려면 어머니가 화요일까지는 돈을 가져오셔야 합니다.

어머니, 이 문제에 대해 아무에게도 말씀하지 말고 송금해주세요. 만약 어머니가 원하시면 제 봉급으로 조금씩 갚을게요. 제가 공군 비행사가 되면 사관 후보생 시험 경쟁에서 더 유리할 거예요. 그러니 오늘 송금해 주시면 대단히 감사하겠습니다. 어머니, 부탁드려요.

때때로 저녁이 되면 우울해집니다. 언제 한 번 스트라스부르그에 들러 주세요. 이런 환경에서는 숨이 막힙니다. 미래는 전망이 없습니다. 싸구려 술집을 전전하지는 않을까 두렵고, 마음에 흡족한 직업을 갖고 싶습니다.

그러니 한 번 와주세요. 여비는 80프랑이면 되고 잠은 제 방에서 주무시면 돼요.

편지해 주세요. 편지는 무척 많이 했습니다. 〔……〕 시간이 촉박해서 난필로 쓴 걸 용서해 주세요!

감기는 걱정 마세요. 스트라스부르그에서는 유행하지 않아요. 어머니를 사랑하는 것만큼 다정한 인사를 드립니다.

존경을 표하는 어머니의 아들, 앙트완느

추신 : 오늘 아침 나에게 1천5백 프랑을 지급으로 송금하라고 마르샹 씨에게 편지해 주세요. 계약은 모두 체결됐습니다.

1921년 6월, 스트라스부르그

어머니,

그러니까 저는 10페이지에 이르는 편지를 썼답니다! 그런데 못 받으셨나요? 저는 그 편지를 하룻밤을 새워 썼는데요. 밝은 달빛 아래 작은 시냇물 옆에서요(밤에 보초를 서며 편지를 썼거든요).

그리고 다른 사람들 일은 하나도 몰랐어요. 모노 누나가 파리에 있다는 것도, 거기서 뭘 했는지도 전혀 몰랐고요. 여기서 이렇게 지내는 게 참 고독하다는 생각이 듭니다.

게다가 디디가 아프다는 것도 모르다니. 다른 소식을

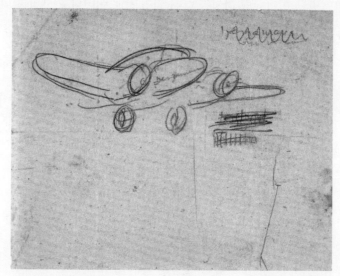

생 텍쥐페리가 그린 그림

모르고 살았군요. 모든 것이 저를 침울하게 하네요.

어쨌든 어머니, 저는 모노 누나가 파리에서 뭘 하고, 어디서 생활하는지 전혀 몰랐어요…….

방금 어머니의 편지를 다시 읽었는데, 어머니도 무척 침울하고 피곤하신 것 같군요. 그런데 저까지 아무런 말이 없었으니 저를 나무라셨지요. 하지만 저는 편지를 썼답니다. 어머니가 울적해 보이니 저도 덩달아 우울합니다.

저는 잘 지내고 있어요. 별일 없습니다. 연대 아니 차라리 회사같은 이곳은 어리석게도 반란 상태입니다. 그래서 휴가를 얻는 것도 중지되었습니다. 휴가를 얻는 즉시 어머니께 갈 생각이지만, 그게 언제가 될는지요?

어머니의 편지 때문에 사방에 짙은 안개가 낀 것처럼 침울합니다. 편지의 내용만 아니면 만사가 잘 진행되고 있습니다. 방금 회전계回轉計를 하나 발명했어요. 하사관 한 사람이 유명한 시계 제작자인데, 이 사람이 회전계를 만들어 줄 것입니다. 그러면 곧 사용되겠지요. 지금 마지막 계산까지 마친 상태입니다.

어머니, 또 연락드릴게요. 어머니를 사랑하는 만큼 정다운 인사를 드립니다. 나에게 덜 슬픈 편지를 써 주세요.

존경심을 표하는 어머니의 아들, 앙트완느

추신 : 오늘 제 생활비를 보내주시겠어요? 지난 편지에도 말씀드렸는데, 일주일 전부터 한 푼 없는 빈털터리랍니다.

그리고 또 다음 책을 리용에서 보내 달라고 말씀드렸어요.

1. 엔지니어용 항공역학 상세 강좌(한 권이나 여러 권).

2. 엔진 발동 상세 강좌.

가능한 빨리 보내 주세요. 책을 미리 구하지 못해서 여간 곤란한 게 아닙니다.

사랑하는 어머니, 이런 일을 성가시게 생각하시지는 않지요?

(하긴 샤리테 가에 큰 서점이 있습니다. 그런데 저는 과학 서적을 찾고 있어요.)

앙트완느

1921년, 스트라스부르그

사랑하는 어머니*,

★ 앙트완느는 1921년 6월 17일에 모로코 라바트에 주둔한 공군 제37연대에 배속되었다. 1922년 1월까지 거기서 체류했는데 비행사 후보생으로 임명되었다.

편지 정말 감사합니다. 파리에서 제가 어머니께 보낸 편지를 받았다고 통지가 왔어요. "바로 그날 '호텔 드 리용'으로 보냈음"이라고요. 호텔에 어머니 주소를 남겨 두셨나요?

어머니께서 사람들을 만나 보신 것은 결과적으로 다 잘 되었어요……. 어머니는 제가 헤아릴 수 있는 것보다 더 마음이 깊은 분이십니다!

요즘은 민간인 항공 강의와 앙리오 비행기 상에서 기관총을 쏘는 군대식 강의를 듣고 있어요. 기관총 사수·정찰자 면허를 따면 저는 공군 하사로 승진할 거예요.

저는 자칫하면 콘스탄티노플로 떠날 뻔했습니다. 내일까지 출발할 지원병을 받거든요. 하지만 저는 엔지니어 같은 것은 제 꿈이 아니라 생각하며, 두 가지 면허증을 기다리기로 했습니다……. 콘스탄티노플을 무료로! 이런 기회는 다시 없겠지요. 하지만 저를 포기하게 한 것은 우리 연대가 아마 리용으로 이전된다는 것입니다. 그러면 저는 어머니가 계시는 생 모리스에서 비행기로 10분 거리에 있게 되니까요.

주임 신부님이 구두를 닦네, 비행기를 타기 위하여[*]

그러면 주임 신부님은 춤출 준비를 해야 합니다. 잘 될 것입니다. 그렇지 않으면 관비官費로 시詩와 같은 여행을 한다고 생각할래요.

　요즘에는 지하 감옥에 축축한 짚방석에서 잠을 잡니다. 감옥이 지하실에 있거든요. 채광 환기창으로 어슴푸레한 달빛이 들어오고 창백한 연락병이 야간근무를 서고 있습니다. 몇 주 전에 구금된 이상한 녀석들이 교외나 공장에서 부르는 고약한 노래를 부릅니다. 노래가 어찌나 처량한지 선박의 기적 소리를 듣는 것 같아요. 조금만 불어도 꺼지는 촛불을 켜서 방을 밝히고 있습니다.

　별인은 아니고 밤 시간과 휴식 시간만 거기서 보내는 거예요. 조금도 지겹지는 않습니다. 그러니까 감자 껍질 벗기는 사역에 불참해서 가볍게 처벌을 받는 것입니다.

　훈련을 마치니 하사, 중사, 특무상사가 바뀌었습니다. 덕분에 저는 구역질 나는 시간을 보내고 있습니다. 이 사

★ 이 구절은 민요의 후렴을 개사한 것이다. 앙트완느는 어릴 적 누나들과 함께 생 모리스에서 이 노래를 부르며 마을 성당의 주임신부를 맞았다.

　"본당 주임 신부님이 구두를 닦네.
　우리 결혼식에 오기 위하여.
　우리 집에는 사랑이 깃들기 때문이라네.
　다락방에 쥐가 깃들 듯이."

람들은 쾌락을 위해 끊임없이 떠들어대는, 더할 나위 없이 짐승 같은 사람들이에요.

　그래도 2주 후에는 고국으로 돌아가 스트라스부르그와 프랑스, 내가 살던 방과 가게의 진열장을 다시 보겠지요. 가끔 편지해 주세요!

　미마* 누나는 어떻게 됐나요? 생 모리스에 있는지요? 다른 곳에 있는지요? 어머니께서 쉬두르** 신부를 만나 보셨다니 무척 다행입니다. 어머니께서 제 신원 증명서를 만들어서 데상브르 가 22번지로 신부님께 보내주세요. 어머니께 진심으로 감사드립니다.

　제가 만날 사람의 주소를 피에르 다게***가 보냈습니다. 복역을 끝내면 가 볼 생각입니다. 그리고 어머니 전보에는 답전을 보낼 수가 없어요. 제가 외출할 시간에 관공서는 문을 닫고 난 후라 불가능합니다.

　어머니, 또 서신 올리겠습니다. 오늘은 이만 줄이겠습니다. 어머니를 사랑하는 만큼 진심으로 다정한 인사를 보내요.

존경을 표하는 어머니의 아들, 앙트완느

★ 앙트완느의 누나, 마리 마들렌의 별명.
★★ 보쉬에 중학교 교장이며 앙트완느의 절친한 친구.
★★★ 여동생 가브리엘의 배우자가 될 사람.

1921년 6월, 스트라스부르그

어머니,

어머니가 월요일에 오시면 좋겠어요. 스트라스부르그에서 마르세이유로 출발해야 하는데, 면허증을 받은 후에는 시간이 거의 없지 않을까 걱정이 되거든요.

만일 하루나 이틀 시간이 있으면, 비행기로 파리에 가서 모노 누나를 만나는 거예요*. 그 동안 여유 시간이 많기 때문에 알자스 지방을 구경할 수도 있고요.

내일이나 모레 혼자서 첫 비행을 하고 싶어요. 그러고나면 면허증이 바로 교부될 거예요.

돈과 책들은 잘 받았어요. 어머니 감사합니다. 지금 저는 사복 차림이에요. 적발되지 않기를 바랄 뿐이에요. 하긴 이제까지 방에 갇혀 담배를 피우고 차를 끓여 먹으며지내고 있습니다. 그동안 어머니를 많이 생각하고, 소년시절 어머니와의 일들을 회상했어요. 그때 그토록 자주걱정을 끼쳐 드린 걸 생각하니 마음이 아픕니다.

어머니는 제가 아는 어머니들 중에 가장 섬세하시고,

---

* 앙트완느는 모로코로 가기 전에 7월 5일부터 8일까지 휴가를 얻어 파리에서 지냈다.

품위 있는 분이었어요. 그러니 당연히 행복을 누릴 자격이 있으셨지요. 하루 종일 불평 하며 떠드는 고약한 아들 녀석을 갖지 않아야 마땅했습니다. 그렇지요, 어머니?

오늘 저녁은 어머니께 바치고 오래오래 편지를 쓰고 싶어요. 그런데 날이 더워서 제 정신이 아닙니다. 저녁이 늦었는데도 창문으로는 바람이 들어오지 않네요. 지금도 힘든데 모로코에 가면 어떻게 될까요?

우리 내무반에는 빌라 레 동브에서 온 순박한 녀석이 하나 있어요. 큰 키에 마른 놈이지요. 고향이 그리우면 〈파우스트〉나 〈나비부인〉 노래를 부르더군요. 빌라 레 동브에도 오페라 극장이 있나요?

나는 어머니가 종종 읊었던 "부인, 바람이 몹시 부는군요. 나는 여섯 마리의 늑대를 잡았소"라는 왕의 대사를 좋아합니다. 오늘 아침도 바람이 몹시 불었어요. 하지만 저는 바람이 좋아요.

그리고—비행기를 타고—폭풍우와 싸우며 결판을 내는 것도 좋고요. 내가 그리 대단한 대결 상대는 아니지만요. 저는 상쾌하고 온화한 아침에 비행해서 이슬 속에 착륙합니다. 순수한 조수는 '그녀'를 위해 데이지 꽃을 꺾지요. 그리고 바퀴의 굴대 위에 앉아서 세상의 조용한 환영

마드 드 퐁스콜롱브 이모와 6살의 생 텍쥐페리(1906)

을 맛보는 것입니다.

나는 여기서 거만한 동료를 한 사람 사귀었어요. 그는 분명 프랑스와 1세*나 아니면 돈 키호테 타입입니다. 제가 감히 진짜 이름을 알아낼 수는 없었지만, 전 그를 높이 평가합니다. 그 사람 앞에서는 내 자신이 작게만 느껴집니다.

그는 자주 나의 방에 와서 차를 마시는 데 제게는 영광스러웠습니다. 그는 부르봉 스타일의 매부리 코를 하고 위엄 있게 철학을 이야기했습니다. 음악과 시에 대해 훌륭한 진리를 피력하기도 했구요. 3일에 걸쳐 세 번을 방문하며 내 차가 맛이 있고 담배 맛이 좋다고 관대하게 봐주었습니다.

그래서 나는 '이 분이 유명한 귀족인가?(동작이 느리고 분명했어요.) 아니면 유명한 기사인가?(시선이 무척 고상하고 날카로웠어요.) 프랑스와 1세 아니면 돈 키호테 같단 말이야'라고 생각했습니다.

그는 제 마음을 궁금하게 만들었습니다. 저는 알고 싶었지만 물을 수 없었답니다. 그가 의자에 걸터앉기만 해

★ 르네상스 시기의 프랑스 국왕으로, 용감하고 영민·고매하여 내외적으로 많은 업적을 쌓았다.

어머니에게 보낸 편지에서 생 텍쥐페리가 그린 비행사 자신의 자화상 (1921)

도 아주 그럴듯 해 보였어요.

후에 돈 키호테가 와서 번지레하긴 하지만 비용이 많이 드는 자기 계획을 장황하게 늘어놓더군요. 그리고 이 프랑스와 1세는 내게 백 수*를 빌려간 거지요.

그리고 다시는 저를 찾아오지 않았습니다.

아나톨 프랑스**가 "신神들의 황혼기"라고 말했지요!

벌써 자정이 되었습니다. 그래도 아직 덥습니다…….

어머니께 제 사랑만큼 다정한 인사를 보냅니다.

존경심을 표하는 어머니의 아들, 앙트완느

추신 : 우편환 두 장은 잘 받았습니다. 감사합니다. 그리고 책도 받았구요.

★ 프랑스의 옛날 화폐 단위. 백 수는 지금의 5프랑에 해당한다.
★★ 19세기 말부터 20세기 초의 프랑스 자연주의 소설가.

생 텍쥐페리가 그린 그림

1921년 6월, 스트라스부르그

사랑하는 어머니,

국방성에서 통지문이 왔습니다.

"생 텍쥐페리가 면허증을 교부받을 수 있도록 그의 출항을 2주일 연기할 목적으로 제반 조취를 취했음."

시간 여유가 있으면 일정을 정해서 생 모리스*로 갈게요. 하지만 약속은 할 수 없어요. 프로펠러 회전수를 2천으로 유지시키려면 어느 정도 경험이 필요하거든요. 지붕 위에 착륙하는 건 항상 불쾌하답니다.

몽탕동** 가족은 호감 가는 사람들이에요. 저는 몽탕동 씨가 마음에 들었어요. 저는 그런 사람이 참 좋아요. 그 분은 낚시를 즐기는데, 자칫하면 저도 그 분을 따라 짧은 여행을 갈 뻔했어요. 그리고 몽탕동 씨가 아니었으면 어머니가 준 수표도 아직 현금으로 바꾸지 못했을 거예요. (……)

보렐*** 가족도 소박하고 다정하게 저를 맞아 주었어

★ 드 트리코 여사가 생 텍쥐페리 모친에게 유산으로 남긴 생 모리스 드 레망의 저택. 이곳에서 앙트완느가 유년 시절의 하기 휴가를 대부분 보냈다.
★★ 생 텍쥐페리의 사돈뻘 되는 집안.
★★★ 가브리엘 생 텍쥐페리의 남편인 피에르 다게의 친구.

요. 저나 우리 가족을 직접 알지도 못하는데(기껏해야 마드 이모를 통해서 알게 되었지요) 정말 감사했지요.

섭섭하게도 다른 가족들은 떠났더군요. 부인과 따님들도 떠났습니다. 남프랑스 툴루즈에서 더운 햇볕을 쬐겠죠. 별 다른 일은 없습니다.

케레르망 가 강둑을 따라 산책을 하다보면 파란 강물이 점점 납덩이처럼 보입니다. 그 정도로 날씨가 더워요. 멀미가 나긴 하지만 에르브몽 기를 타고 선회강하와 공중회전을 했어요(힘든 공중 묘기를 몸에 익히기 시작했어요).-나뭇잎 한 장 움직이지 않고 엔진이 잘 돌아갈 때는 안전비행을 합니다. 조심스럽고 장엄하게 회전을 하기도 해요.

착륙할 때는 선회강하와 공중회전을 하는 대신 부드럽고 자연스럽게 착륙을 합니다. 일평생 여객으로 남는 대신 제가 직접 에르브몽 항공기를 조정하는 것을 기대해주세요…… 아! 얼마나 멋있는 비행기인지!

파르망 기에 대해 말하자면 이 비행기는 거의 전속력으로 달립니다. 나는 이 비행기를 잘 다루고 있습니다.

한동안 체스를 두고 맥주를 마셨더니 배가 불룩한 부르주아가 됐어요. 어머니에게 돌아갈 때가 되면 뚱뚱한 알자스 사람이 되어 있을 거예요. 벌써 말투도 바뀌었고, 어머니를 즐겁게 하기 위해 알자스 말도 배우고 있습니다.

박물관에서 예술적인 정취를 찾는 게 무슨 소용이 있을까요? 저는 은근히 고집을 부리며 열성이라는 관점에서 작품을 판단하고자 했습니다.

'살찐 열여덟번째 장미'는 정말 소름끼치더군요. '모두 더운 것 같다'는 생각뿐이었습니다. 그래도 빙해氷海의 풍경을 담고 있는 석판화가 다소 감동적이었고, 러시아의 시골 풍경에도 약간 감동을 받았습니다.

아! 모로코는…….

(미적으로 간략히 그린 종려나무와 태양을 나타낸 크로키가 다음에 그려져 있음.)

게다가 저는 무척 권태롭습니다. 저와 체스를 둔 사람은 더우니까 머리가 둔해져 제가 만들어 놓은 트릭에 그대로 속고 맙니다. 저도 기분이 좋지 않아요.

이만 줄이고 시원한 목욕을 해야겠습니다.

방금 어머니가 보내신 우편환을 받았어요. 아직 여기서 18일은 더 보내고―출발하건 남아 있건―이 달은 방세를 내야 해요. 빨래도 좀 해야 합니다.

조종사가 되어 라바트*로 출발하는 건 정말 기쁜 일이지요. 비행기에서 보는 사막은 희한한 광경일 것입니다.

이만 줄이겠습니다. 로르 숙모님과 사촌 누나 그리고
누나들에게 다정한 인사를 보냅니다.

존경을 표하는 어머니의 아들, 앙트완느

1921년, 카사블랑카

어머니,

보내주신 보물—편지와 우유—을 받고, 덕분에 마음이
밝아졌습니다.

지난 일요일에는 친구의 사진기로 사진을 몇 장 찍었
어요. 바다와 이 부근의 유일한 나무인 칙칙하고 커다란
선인장 사진, 바위 위에 앉은 제 사진을 보내드릴게요. 어
머니는 이 사진들을 좋아하실는지요? 디디도 이곳이 마
음에 들 것입니다. 여기에는 지저분하고 누르스름한 작은
개가 많아요. 이런 개들이 가난한 동네에 줄지어 다니며
멍청하고 초라하게 서성이는 모습을 볼 수 있어요.

그 개들이 아니면 '움막촌' 부근까지 모험을 할 것입니

★ 모로코의 수도. 레그렉 강 하구의 항구 도시. 회교 사원 외에 유적이 많으며 섬
유 공업이 성하고 과실·야채 등을 수출함.

다. 그곳은 무너진 벽에서 진흙이 튀고 움막집에 지푸라기가 없혀 있습니다. 저녁이 되면 화려하게 차린 노인들과 앙상한 젊은 아낙들이 보입니다. 사람들은 빨간 하늘 아래 까맣게 부각되어 벽처럼 천천히 타들어갑니다. 누르스름한 개들이 짖고, 낙타들은 의기양양하게 조각돌을 굴립니다. 작은 당나귀는 몽상에 잠겼습니다. 여기에는 예쁜 사진을 찍을 것이 많아요. 하지만 건초와 파란풀을 실을 짐수레, 친근한 암소들이 많은 〈엥〉 지방의 작은 동네만은 못합니다.

첫비가 왔습니다. 여기서 낮잠을 주무시면 코 밑으로 작은 개울이 흐를 거예요. 바깥 하늘에는 구름이 큰 얼음 덩이처럼 흘러갑니다. 막사는 바람을 맞으면 배가 삐걱거리는 소리를 내고, 비가 오면 주변에 큰 호수가 생긴답니다. 마치 노아의 방주 같아요.

막사 안에서는 다들 묵묵히 하얀 모기장 밑에 몸을 파묻고 있습니다. 제가 여학교 기숙사에 있다고 생각할 정도입니다. 누군가 나무라는 욕설이 들리더라도, 우리는 마침내 이러한 생각에 익숙해져 우리 자신이 소심하고 친절한 사람이 되었다고 생각할 정도입니다. 우리가 큰 소리로 욕설로 대꾸하면 작고 하얀 모기장이 겁에 질려

떨 거예요.

저는 〈에콜 유니베르셀〉에 편지를 보냈어요. 입학을 허가해 주셔서 고마웠습니다. 제게 첫째 달 생활비를 보낼 것을 고려해 주시겠습니까? 휴가를 얻으면 페즈*로 갈 작정입니다. 이렇게 하면 기분이 전환될 거예요.

사랑하는 어머니, 또 연락드리겠습니다. 어머니를 사랑하는 만큼 다정한 인사를 드립니다.

존경을 표하는 어머니의 아들, 앙트완느

1921년, 카사블랑카

어머니,

구두와 벨벳 재킷이 들어 있는 소포를 방금 받았어요. 이 재킷을 입으면 아침에 바람이 불어도 따뜻하고 2천 미터 고도에서도 포근하겠지요. 흡사 어머니의 사랑이 느껴지는 것처럼 따뜻합니다.

내가 무엇에 사로잡혔는지 모르겠습니다. 오늘은 하루 종

★ 종교와 경제의 중심자로서 유적이 많다.

일 그림을 그렸어요. 그래서 시간이 빨리 가는 것 같아요.

그 이유를 발견했습니다. 목탄 심이든 '콩테' 연필 때문이었습니다. 저는 스케치북을 사서 그 안에 하루 종일 있었던 사건, 사람들의 행동, 동료의 미소를 그렸습니다. 또 내가 그리는 걸 보기 위해 앉은 채로 몸을 꼿꼿이 세우고 귀찮게 하는 애견 '블락'도 그렸어요.

'블락'아, 가만히 있어라.

이 첫번째 스케치북을 다 채우면 어머니에게 보내 드리겠습니다. 어머니가 나에게 다시 되돌려 보낸다는 조건으로 말이에요…….

비가 왔어요. 아! 본격적으로 비가 내립니다! 비 오는 소리는 시냇물이 흐르는 소리 같아요. 게다가 빗물은 오래 전부터 갈라진 기와 틈을 지나 경리부 사람들이 지성껏 관리하던 판자 사이로 교묘하게 흘러내렸어요. 빗물이 보물나라의 포도주처럼 입으로 떨어지니, 우리 잠자리도 멋진 꿈으로 가득 찼지요.

어머니가 보내신 재킷은 신기할 만큼 따뜻합니다. 덕분에 저는 편하고 명랑한 얼굴이 되었고 기뻐서 약간 멋부리는 표정을 지었답니다.

저는 어제 카사블랑카에 도착했어요. 우선 아라비아 거

리를 걸으며 고독을 달랬어요. 골목은 한 명만 다닐 수 있었지만 덜 외로운 기분이었어요.

보물을 파는 흰 수염의 유태인들과 값을 흥정하기도 했어요. 유태인들은 다리를 포개고 앉아 온갖 고객에게 터키식 인사를 받더군요. 황금색 터키 슬리퍼와 흰 허리띠 가운데서 늙어가는 이들을 보니 이 얼마나 기막힌 운명인가 싶었어요.

사람들이 골목길에서 살인자를 때리는 것도 보았습니다. 사람들은 점잖은 유태인 상인과 베일을 쓴 젊은 부인들 앞에서 그가 한 짓을 큰소리로 말하게 하더군요. 어찌나 사정없이 때리는지 어깨가 빠지고 머리가 깨졌는데, 그런 것에 사람들은 감동을 받고 교훈을 얻는 모양입니다. 살인자는 온통 피에 물들어 빨갛게 되었어요. 사형 집행인들은 그 옆에서 옷자락을 나부끼며 각자 자기 의견을 소리쳤구요. 야만스럽지만 굉장한 장면이었습니다. 하지만 노란 터키 슬리퍼를 신은 사람들이나 흰 허리띠를 두른 사람들은 별 감흥이 없어 보였어요. 〔……〕

그러나 나는 두려웠습니다. 비루한 숙부 때문에 어여쁜 처녀들이 추하고 무서운, 야수같은 남자와 결혼할 뻔했습니다.

'블락', 잠자코 있어라. 너는 이런 일들이 잘 이해되지 않겠지.

어머니, 지금쯤 꽃이 만발한 사과나무 밑에 앉아 계시겠지요. 프랑스에는 사과 꽃이 피었다고 하더군요. 그리고 나를 위해 주위를 잘 둘러보세요. 주변이 파랗고 예쁘겠지요. 잡초도 있을 테고요…… 나는 녹음이 그립습니다. 녹음은 정신의 양식입니다. 녹음은 행동을 부드럽게 하고 마음을 평화롭게 합니다.

이 색채가 지워지면 인생은 금방 무미건조하고 거칠어질 것입니다. 야수들이 심술궂은 것은 개자리 풀에 배를 깔고 살지 않기 때문이라 합니다. 나는 소관목小灌木을 보면 잎사귀 몇 개를 따서 주머니 속에 넣어요. 그리고 내무반에서 그 잎사귀들을 유심히 보며, 뒤집어 보기도 합니다. 온통 파랗게 물든, 어머니가 계신 고향을 다시 보고 싶습니다.

어머니, 하찮은 풀밭이 얼마나 사람을 감동시키는지 모르실 거예요. 전축이 폐부를 찌르듯 사람을 감동시키는 것도 모르실 거예요.

네, 요즈음 전축을 틀고 있습니다. 그런데 이 낡은 음악들이 내 마음을 아프게 하는군요. 음악은 너무나 안락

하고 부드럽습니다. 그곳에 있을 때 음악을 들었던 기억
이 끈질기게 떠오릅니다.

어떤 곡들은 명랑하지만 가차없는 아이러니를 내포하
고 있어요. 그러면 감동을 받아 나도 모르게 눈을 감습니
다. 통속춤과 브레스*식 상자와 밀랍 바른 마룻바닥이 보
이는 것 같습니다. 아니면 모노 누나가…… 이상한데. 옛
날에는 이런 노래를 들으면 부자들이 지나가는 것을 바
라보는 부랑자처럼 증오심을 느꼈습니다. 그런데 지금은
이런 음악이 행복을 환기시킵니다.

그리고 위안을 주는 곡도 있습니다…….

오! '블락', 그만 짖어라. 아무 소리도 안 들린단다.

어머니, 내가 무슨 얘기를 하는지 모르시겠지요.

정성을 다하여 다정한 인사를 드립니다. 빨리 편지해주
세요. 그리고 가끔 편지해 주세요.

존경을 표하는 어머니의 아들, 앙트완느

★ 프랑스의 지방.

1921년, 카사블랑카

어머니,

어쩌면 이렇게 오래 소식이 없으신가요? 제가 얼마나 힘들지 잘 아시면서 말입니다.

2주 동안 편지 한 통을 못 받았어요.

나는 불길한 일만 상상하면서 시간을 보냈습니다. 나는 불행합니다. 더 이상 편지가 오지 않습니다! 디디도 편지하지 않고, 아무도 내게 편지하지 않습니다. 여기서는 어머니를 생각할 시간이 더 많아졌는데, 저는 외로워 몸부림치고 있습니다.

돈도 한 푼 없습니다. 일주일간 라바트에서 항공 이론 과정 시험을 봤지만, 꼭 합격하고 싶지는 않아요. 비행 중대 생활이야말로 나를 황홀하게 합니다. 군대 이론을 배우는 따분한 학교에서 일 년 동안 멍청하게 지내고 싶지는 않아요. 나는 특무상사가 되고 싶지도 않고, 기계적이고 따분한 일도 바라지 않아요.

카사블랑카가 나를 비탄에 잠기게만 한다는 것을 안 이상 더는 모로코에 있을 필요가 없겠지요. 합격한다고 해도 포기할 생각도 해 보았습니다. 건축 등을 다시 공부할 수도 있어요…… 학교에서 과정을 마칠 수도 있구요.

하지만 한 달은 휴가를 얻도록 노력할 거예요. 어머니를 몹시 만나고 싶어요. 라바트에서 보낸 일주일은 얼마나 황홀했는지 모릅니다. 거기서 사브랑과 생 루이 중학교 적 친구를 만나고, 나처럼 항공 이론 과정 시험을 보러 온 멋진 두 젊은이도 사귀었어요. 한 사람은 의사의 아들인데 문학에도 정통하고 무척 교양이 있었어요. 다른 사람은 대위의 아들인데 옛날에는 리용에서 살았고 우리를 저녁에 초대했답니다. 만찬에는 사브랑, 생 루이 중학교 친구, 두 젊은이, 그리고 내가 참석했습니다. 모두 보기 드문 사람들이었습니다. 진정한 동료이자 음악가와 예술가로는 말입니다…… 그는 라바트에 조그마한 집을 한 채 갖고 있습니다. 주변이 하얀 집들로 둘러 싸여 있는데, 도시가 밝은 달빛에 젖으면 눈 쌓인 북극을 산책한다고 착각할 정도입니다. 정말 멋진 저녁이었어요!

그때의 라바트는 세상에서 가장 멋진 도시였어요. 나는 비로소 모로코를 이해했습니다. 가끔은 빛이 가득한 거리를 한없이 산책합니다. 아! 내가 수채화를 그릴 줄 알면 좋을 텐데요. 색채를 볼 줄 아는 사람에게는 저렇게 풍부한 색이 선경仙境과 같을 것입니다. 호화로운 거리를 한없이 걷기도 하고, 좁은 거리를 걷다 무겁고 신비로운 문을 지나가기도 했습니다. 거기엔 창문이 없습니다…… 이따금 샘에서 물을 마시는 작은 당나귀도 보았습니다.

라바트에서 돌아온 후부터는 권태롭지 않아요. 나는 처음으로 항공 비행을 했습니다. 오늘 오전에는 베르-르시드-라바트-카사블랑카 간을 모두 3백 킬로미터 비행했어요. 나는 내가 사랑하는 도시들을 상공에서 모두 본 셈이지요. 도시들은 깜짝 놀랄 만큼 하얗고 평온했습니다. 베르-르시드는 약간 남쪽에 있는 촌락인데 황막한 곳입니다.

내일 오전에도 3백 킬로미터를 비행할 거예요. 피곤하기 때문에 오후에는 낮잠을 자면서 시간을 보낼 겁니다.

모레는 남쪽으로 굉장한 여행을 떠납니다. 카스바 타들라*로 가는데, 거기 가려면 거의 세 시간을 비행해야 돼요. 돌아오는 데도 분명히 그만큼 시간이 걸릴 테고요. 얼마나 고독하겠습니까…… 초조하게 여행을 기다리고 있답니다.

오늘 저녁에는 아늑한 전등 불빛 아래서 나침반 바늘을 따라 비행하는 법을 배웠어요. 식탁에 지도를 펼치고

★ 모로코에 있는 타들라 평원에 있는 인구 1만 2천 명의 도시. 18세기에 세운 아름다운 성채가 유명하다.

보왈르 중사가 설명했어요.

"여기 도착하면(우리는 근엄한 얼굴로 복잡한 항공로 위에 고개를 숙이고 있었어요) 자네는 45도 서쪽으로 가게. 거기에 마을이 하나 있으니, 그 마을 오른쪽으로 가게. 나침반 위에 방향타를 바꾸는 것을 잊지 말게……."

나는 생각했습니다. 중사가 나를 환상에서 깨어나게 했습니다.

"그러니 좀 더 조심하게…… 자네가 이리 통과하는 게 아니라면 지금 여기서 180도 서쪽으로 돌아서 가게…… 그러나 거기에는 표시점이 적네. 자, 이 길이 잘 보이지……"

나는 보왈르 중사가 권한 차를 조금씩 마셨습니다. 그리고 만일 길을 잃으면 적군 속으로 착륙할 수도 있다고 생각했습니다. 이런 얘기를 몇 번이나 들었는지 모릅니다.

"만일 자네가 비행기에서 뛰어내려 한 여자 앞에 선다면, 자네는 대단한 존재가 되어 여자를 품에 안을 걸세. 그녀는 자네에게 어머니가 되고, 소와 낙타를 주며 자네를 결혼시킬걸세. 이것이 생명을 구하는 유일한 방법이지."

하지만 제 여행은 늘 단조롭고, 이런 예기치 못한 사고는 기대할 수 없었습니다. 저는 오늘 저녁 공상에 잠기렵니다. 저는 사막의 긴 여정에 참여하고 싶습니다…….

어머니를 비행기로 모셔 가고 싶은 마음이 간절합니다.

이만 줄이겠습니다. 제발 편지해주세요. 이전하기 위해 이달에 사용될 돈 5백 프랑을 가능하면 빨리 전신환으로 송금해 주시겠어요? 제가 갖고 있는 마지막 돈은 우표를 사는 데 썼어요. 만일 빌릴 수 있으면 내일과 모레 사용할 몇 푼을 차용하겠습니다.

어머니! 제가 파란 의자를 끌고 다니던 철부지 어린 시절 그랬던 것처럼 다정한 인사를 보냅니다.

이게 마지막입니다. 방금 카스바 타들라에서 돌아왔어요. 엔진 고장이나 다른 뜻밖의 고장도 없이 무사히 돌아와 기쁩니다. 이에 대해 다시 자세히 편지 올리겠습니다.

앙트완느

1921년, 라바트

어머니,

저는 지금 찻잔을 들고 입에 담배를 물고 있습니다. 한

생 텍쥐페리의 손편지(1922)

무어인의 작지만 마음에 드는 응접실에서 큰 방석에 파묻혀 이 편지를 씁니다. 사브랑은 피아노를 치고-드뷔시[*]와 라벨[**]의 곡을 연주했습니다- 다른 친구들은 카드 놀이를 합니다.

우리는 이 지역에서 가장 품위 있는 사람과 사귀었습니다. 바로 라바트에서 온 프리우 대위인데요. 대위는 옛 재복무 하사관인 자기 동료들에게 진저리가 나서 멋진 친구들을 한 패 주변에 끌어 모았습니다. 바로 사브랑, 생루이 중학교에서 나와 함께 해군사관학교 입시 준비를 하던 친구, 다른 두 젊은이입니다. 우리 여섯 명 중 세 명은 음악의 명수입니다. 저들은 미친 듯이 음악을 연주하고, 저는 연주는 못하지만 듣기는 합니다. 그래서 방석에 푹 파묻혀 있습니다.

대위는 호의적으로 자신의 집을 개방했습니다. 우리는 그런 호의를 남용하며 그의 집을 드나듭니다. 사브랑과 나는 48시간을 머물기 위해 카사블랑카에 왔어요. 우리는 모두 재치 있는 사람들이라(물론 그렇습니다) 저녁 만찬도 즐겁답니다. 포커와 음악에 빠져 새벽 세 시나 네 시에 잠에

[*] 근대 프랑스의 대작곡가이며 인상파의 시조.
[**] 근대 프랑스의 작곡가.

생 텍쥐페리(1922)

들기도 하고, 어처구니없는 도박을 하기도 합니다. 하룻밤에 16수를 잃은 적도 있습니다. 다행히 우리는 바른 사람들이라 이런 금액만 가지고도 루이 금화를 가진 양 기뻐한답니다. 20수 넘는 거액을 딴 사람은 잘난 척 하며 자리에서 물러납니다. 그런 태도는 썩 자연스러운 것입니다.

사브랑은 카사블랑카에 있고 우리는 토요일에 라바트로 출발해 월요일 저녁에는 돌아옵니다. 화려한 이 지방에서 저는 이렇게 안이하고 즐겁게 생활하고 있어요. 신록과 다채로운 초원이 아프리카 내지 깊은 곳에 자리한 모로코를 단장합니다. 지금 이 나라는 빨간 꽃과 노란 꽃으로 단장되어 있고, 평원은 차례차례 밝은 모습을 하고 있습니다.

한결같은 더위지만 마음은 평온합니다. 내가 좋아하는 도시 라바트가 오늘은 조용하군요.

중대장의 집은 어수선하고 하얀 아라비아 집들 가운데 파묻혀 있습니다. 바로 옆에 회교 사원과 등을 맞대고 있는데, 사원 안뜰에는 첨탑이 확 트인 하늘로 찌를 듯이 솟아 있답니다. 저녁이 되면 응접실에 있던 사람들은 식당으로 자리를 옮기고, 별을 향해 고개를 듭니다. 그러면 사원 첨탑 높은 곳에서는 기도 시간을 알리는 승려의 노래 소리가 들립니다. 사람들은 우물 밑에서 쳐다보는 것처럼 그를 바라봅니다.

사랑하는 어머니, 또 편지하겠습니다. 여기서 한 달만 있으면 분명 어머니를 만나 포옹할 수 있을 것입니다. 그동안 어머니를 사랑했던 것만큼 다정한 인사를 보냅니다.

지난 주에 보낸 긴 편지는 받으셨나요?

미안하지만 오늘 제 생활비를 보내주세요.

어머니의 아들, 앙트완느

1922년 1월, 파게 항공회사

사랑하는 어머니[*],

탕헤르[**]는 어제 멀리 사라졌습니다. 잘 있거라, 모로코여! 우리는 에스파냐 해협을 따라 올라갔어요. 태양 아래 하얗고 조그마한 도시가 보일 때면, 긴 의자에 앉아 있던 옆 사람이 재치로 사람들을 웃게 하는 소리가 들려옵니다.

---

[*] 앙트완느는 프랑스로 가는 뱃전에서 이 편지를 썼다.
[**] 아프리카 서부 지브랄타 해협에 면한 모로코의 항구 도시로 무역이 발달했다. 영국과 프랑스가 공동으로 관리한다.

바다는 무척 평온합니다. 구름 한 점 없고 파도도 일지 않는군요. 메뉴는 꽤 좋았지만 오락거리는 흔치 않았어요. 아무도 체스를 두지 않습니다. 나는 모든 책을 다 읽었어요. 그리고 식당에 가서 자리를 잡고, 식기를 놓고 있는 종업원들을 느긋하게 쳐다보았습니다. 저것이 바로 고결한 직업이지요. 불행하게도 저녁은 해가 지는 시간에 끝나, 나는 디저트를 못 먹습니다.

디디가 함께 생 모리스에 가자고 편지를 보내 왔어요. 여행을 가면 즐거울 거예요. 내가 디디에게 "어떻게 지내셨나?" 하고 물으면 디디는 다른 여행객 앞에서 뽐내겠지요.

저는 지금 어머니에게 편지를 씁니다. 마르세이유에서의 내 일과는 어디로 가는지도 모르고 왕진을 떠나는 의사같을 거예요. 다른 관료직처럼 어리석은 잡일로 이루어져 있거든요. 일 때문에 잠시 시간을 낼 수도 없을 것입니다. 만일 디디가 경건한 희망에 차 말했던 것처럼 내 사무실에 찾아와 기다려도 재빨리 포옹만 할 수 있지 않을까 걱정입니다. 내가 이스트르*를 떠나기 전까지, 디디는 생 라파엘**로 무용하러 돌아가기만 하면 될 것 같아요.

★ 남프랑스에 있으며 공군 학교가 있는 소도시.
★★ 남프랑스 지중해에 면한 소 항구도시.

르망의 정원에서 생 텍쥐페리의 어머니(1910)

어머니, 요즈음 모로코는 너무나 덥습니다. 생 모리스에서 독한 기관지염에 걸릴까봐 걱정입니다. 내 방에 불을 피워 주세요. 이런 병에 걸리는 것은 대단히 어리석은 일이겠지요! 어머니, 여행을 조금 앞당겨 파리에 저를 데리러 오지 않겠어요? 제가 파리의 회색 돌과 조화로운 정원, 미술 전시회를 얼마나 그리워하는지 어머니는 모를 거예요.

하지만 모로코에 대해 불평할 수는 없습니다. 저는 거기서 즐거웠으니까요. 당시에는 습기 찬 막사에서 울적하게 보냈지만, 지금은 인생이 시詩로 가득 찼던 것처럼 기억됩니다. 좋았던 순간도 있었어요. 라바트에서 특별히 멋진 모임을 가졌던 건 추억으로 남을 것입니다.

어떤 친구를 데려갈까요? 하지만 어머니께서는 모로코에 같이 간 친구들을 일주일이나 우리 집에 묵게 하는 것을 원치 않으시지요? 어머니는 프랑스 친구들에 대해 말씀하셨어요. 그런데 살레스와 본느비는 근무를 해야 한다는군요!

배가 불안하게 요동을 치네요.

아침 식사로 나온 대구 튀김이 뱃속에서 잠을 깨어 팔딱팔딱 뛰는 것 같습니다. 그렇지만 하늘은 맑습니다. 하

여동생 가브리엘과 피에르 아게의 결혼식(1923)

느님, 이 잔잔한 파도까지 없애주소서.

어머니, 다시 만나겠습니다. 우리 집 대문을 열고 살찐 송아지를 잡으세요. 내 대신 주임 신부님께 체스를 두자고 도전하세요. 미마 누나와 모아시*에게 내가 얼마나 멋진 포옹을 할 것인지 전해 주세요. 루이 드 본느비 여사는 갑자기 방문해서 깜짝 놀라게 하는 게 좋겠어요. 그러니 내가 가는 걸 레진**에게 말하지 말도록 모노 누나에게 부탁해 주세요.

앙트완느

1922년, 아보르 야영 무대

어머니***,

일전에 보내 주신 사랑 가득한 편지를 방금 다시 읽었어요. 어머니 곁에 가고 싶은 마음이 얼마나 간절했는지 모릅니다. 내가 매일 조금씩 어머니를 더 사랑하고 있다

★ 앙트완느의 옛 가정 교사인 노파.
★★ 친구의 어머니인 루이 드 본느비의 여동생인 레진느 드 본느비.
★★★ 앙트완느는 1922년 아보르 야영 부대로, 베르사이유로 계속 전출되었다. 아보르는 중부 프랑스에 있는 소도시로 야영 부대 주둔지로 유명하다. 10월에는 공군 소위로 임명되었다.

는 걸 아세요? 하지만 최근에는 일이 너무 많아서 편지를 쓰지 못했어요!

오늘 저녁은 날씨가 좋고 온화하군요. 하지만 나는 이유도 모르게 침울한 기분이에요. 아보르의 실습은 너무 피곤합니다. 어머니가 계시는 생 모리스에서 휴식을 취하고 활력을 찾고 싶어요.

어머니는 무엇을 하고 계시나요? 그림은 그리고 계세요? 전시회 이야기도 없고, 레핀에 대해서도 안 알려 주시네요.

편지해 주세요. 어머니 편지를 받으면 건강해집니다. 어머니의 편지는 제게 청량제와 마찬가지에요. 어머니는 어디서 그렇게 즐거운 말씀을 생각해내시나요? 덕분에 하루 종일 감격합니다.

아주 어린 시절처럼 저는 어머니를 필요로 합니다. 특무상사들, 군기, 전술 강의는 얼마나 무미건조하고 무뚝뚝한지요. 어머니가 응접실에서 꽃을 다듬는 광경을 그려 봅니다. 저는 특무상사들이 싫습니다.

가끔이라도 어머니가 저 때문에 눈물을 흘려야 되겠습니까? 그런 걸 생각하면 속이 상합니다. 어머니를 향한 제 사랑에 믿음을 주지 못했어요. 하지만 어머니, 제가 얼마나 어머니를 사랑하는지 아셔야 합니다.

어머니는 제 인생에서 가장 좋으신 분입니다. 오늘 저녁에는 아이 같은 향수를 느낍니다. 거기 잘 계시다고, 우리가 함께 살 수 있다고 말씀해 주세요. 여기서는 어머니의 사랑을 느낄 수도, 내가 어머니를 도울 수도 없습니다.

오늘 저녁은 침울해서 눈물이 날 거 같아요. 이렇게 슬플 때 저를 위로할 사람은 어머니뿐이랍니다. 르망 초등학교를 다닐 때 제가 학교에서 벌을 받았던 일을 기억하시나요? 그때 저는 큼지막한 가방을 등에 메고 울면서 집에 돌아왔지요. 그런데 단지 어머니가 저를 안아 주시니까 모든 일을 잊을 수 있었어요. 어머니는 학생감과 학생감독 신부로부터 저를 강력히 보호하셨고, 저는 우리 집을 안전하다고 생각했습니다. 사실 우리 집은 어머니만 계시면 안전이 보장되는 곳이었지요.

지금도 마찬가지입니다. 어머니는 의지가 되는 분이고, 모든 것을 알고 계시며, 모든 것을 잊어버리게 합니다. 좋든 싫든 어머니 앞에서는 누구나 소년이 된 기분일 겁니다.

이만 줄이겠습니다. 머릿속에서 일거리가 떠나지 않습니다. 마지막 미풍을 호흡하러 창문으로 가겠습니다. 거기에는 작달만하고 못생긴 친구들이 생 모리스에서처럼 노래를 부르고 있습니다. 게다가 노래는 얼마나 못 부르는지요!

다정하게 인사를 드립니다.

어머니의 아들, 앙트완느

추신 : 내일 우리 집 방향으로 적어도 50킬로미터는 비행할 생각입니다. 그러면 진짜 집에 가는 기분이 들겠지요.

1923년 10월, 파리의 비비엔느 가 22번지

어머니,

일이 너무 많습니다. 하지만 일치고는 너무나 어처구니없는 일이라 편지로 못 썼어요. 그래서 후회가 됩니다. 지금은 어머니가 보내주신 작은 전등이 앞에 있습니다. 저는 부드러운 불빛을 비추는 이 전등이 마음에 들어요. 그런데 어머니께서 힘든 일을 겪고 계시니 저도 덩달아 슬프답니다.

좀 괜찮으세요? 생 모리스에서 어머니를 만난 것을 자랑스럽게 생각하던 차였습니다. 어머니는 모든 것을 멋지게 준비해 놓으셨지요. 두 자식의 행복을 그렇게 잘 마련해 놓으셨습니다. 저는 어머니를 말할 수 없을 만큼 많이 사랑합니다. 저는 지금도 근심을 덜지 못했어요. 하지만 전적으로 어머니를 신뢰해야 하는 것은 알고 있습니다. 어렸을 때처럼 어머니의 위로를 받기 위해 내 고통을 말씀드리고, 내 불행을 모두 어머니께 알려드려야 합니다. 어머니는 불효막심한 아들을 이렇게나 사랑하고 계시니까요. 어머니 기분을 거슬렸다고 나를 너무 원망하지 마세요. 저는 그간 언짢은 나날을 보냈습니다. 지금은 용기를 되찾아 용감한 녀석이 되었습니다.

어머니가 파리에 오시면, 가능한 최고로 다정한 아들이 될게요. 제 방에 거처를 정해 주세요. 여기가 호텔보다 좋을 겁니다. 그리고 저는 저녁에 어머니를 찾아가 함께 머리를 맞대고 저녁을 먹을 거예요. 어머니를 위해 준비해 둔 재미있는 이야기도 해 드릴게요. 그러면 어머니도 즐거우실 것입니다.

그리고 나면 이제 어머니가 저를 행복하게 해주세요. 제가 왜 혼자인 듯 처신하는 데 집착하는지는 모르지만, 그래도 어머니는 모든 것을 해결하는 분이세요. 어머니에게 맡기겠습니다. 어머니께서 상부 당국에 말씀하시면 모든 것이 잘 될 거예요. 지금 저는 어머니의 가호를 구하는 철부지 어린아이 같지요. 언젠가 어머니가 학생 감독 신부님을 만나러 오셨던 게 생각납니다. 그때도 학생 감독 신부님을 만나 제 문제를 먼저 해결하셨지요……. 어머니는 많은 것을. 〔……〕

어머니, 생 모리스에서 제가 잘 처신했습니까? 오빠로서 제 역할은 잘 수행했습니까? ……저는 약간 감격했습니다. 그리고 어머니에게도 감격했구요. 이것이 어머니가 이룬 업적의 완성이었습니다. 어머니는 많은 사람을 행복하게 만들었습니다[*].

근사한 우리 어머니, 내가 근심 끼쳐드린 것을 모두 용서하세요. 굉장히 좋은 '연극'을 어머니께 구경시켜 드릴게요. 이본느 이모가 저를 초대해주셔서 오늘 저녁 연극을 보고 왔는데, 피에르 앙프의 작품으로 제목은 〈무엇보다 가정〉입니다.

안녕히 계세요, 어머니. 나를 위해 하느님의 은총을 빌어주세요. 나를 사랑해 주세요.

앙트완느

[*] 1923년 10월 11일, 여동생 가브리엘 드 생 텍쥐페리는 피에르 아게와 결혼했다.

1924년, 파리의 퍼티가 12번지

어머니,

보내주신 우편환, 대단히 감사합니다. 이사를 했기 때문에 지금 형편이 곤란하답니다. 가정부에게 주어야 할 그간 밀렸던 선물, 집 관리 비용…… 책, 트렁크 운반비, 화물 수송용 철함 대금, 게다가 치과의사가 외상을 받지 않기 때문에 치료비로 3백 프랑을 지불해야 합니다. 암담할 만큼 곤경에 처해 있어요. 이러한 처지에 디슈를 만나러 가기는 무척 난처합니다.

일자리를 얻을 수는 있습니다. 신문기자직으로요. 하지만 불행하게도 취재할 시간적 여유가 없어요. 그나마 아는 사람이 〈아침의 정보〉란에 내 기사들을 게재하겠다는군요.

봄이나 겨울에 중국으로 출발할까 합니다. 거기서는 비행사를 필요로 하며 제가 항공 학교를 맡아 지도할 수도 있으니까요. 그러면 굉장한 비용을 받을 것입니다. 요즈음 내가 할 수 있는 일은 모두 다 하고 있습니다.

사무실이 점점 더 우울해집니다. 우울증이 음험하고 끈질기게 저를 쫓아다니는군요. 이 점이 또 내가 여행을 좋아하는 이유입니다.

아나이 고모는 생 모리스에 계시겠지요. 고모도 제가 사랑하는 분이지요. 거기로 언제 돌아가실 생각입니까? 그곳에서 어머니를 만나 즐거운 휴가를 보내고 싶습니다. 만일 중국으로 가면 아마 1개월은 자유 시간이 있겠지요?

날씨가 음산합니다. 그래도 일요일에는 오를리★ 공항까지 비행할 수 있었어요. 멋진 비행이었지요. 어머니, 나는 이 직업을 대단히 좋아합니다. 엔진과 마주앉아 4천 킬로미터를 달리는 동안 느끼는 정적과 고독을 어머니는 상상할 수 없을 거예요. 그리고 저 아래 지상에서 어떤 동료애를 느끼는지도 말입니다. 다들 자기 차례를 기다리며 풀밭에 누워 잠을 잡니다. 동료의 비행기를 기다리며 비행하는 것을 지켜봅니다. 그리고 희한한 이야기를 나누지요.

어떤 낯선 소도시 부근의 들판에서 비행기가 고장났다는 것입니다. 그러자 이에 마음이 움직인 애국심 강한 시장이 비행사들을 저녁 식사에 초대했다는……. 동화 같은 이야기지요. 거의 대부분 즉석에서 꾸며낸 것들입니

★ 파리 근교 남부에 있는 국제 공항.

다. 그래도 사람들은 모두 감탄하며, 자기가 비행할 차례가 되면 황당무계한 희망에 벅차오르는 것입니다. 그러나 그런 일은 결코 일어나지 않습니다……. 착륙할 때면 포르토★ 포도주를 가지고 서로 위로합니다. 아니면 "여보게, 엔진이 과열됐어. 그래서 겁이 났지……" 하며 위로하거나요. 하지만 볼품없는 이 엔진은 거의 과열되는 법이 없답니다…… 어머니, 소설이 절반쯤 완성됐습니다. 실로 새롭고 간결한 문장이라고 생각합니다. 사브랑도 이 소설을 읽으면 현기증을 일으키니, 제가 사브랑의 지적수준을 발전시키고 있어요.

프리우 대위는 누구보다 성격이 좋아요. 그래서 함께 생활하는 것이 근사합니다. 불행히도 우리는 10월 15일에 아파트를 비워야 해요. 그래서 다른 아파트를 구해야 하는데, 지금 두 곳을 고려하고 있습니다. 집세가 너무 비싸지 않아야 할 텐데요. ―집세가 다행히 꽤 싼 편임―어머니께서 가구 몇 개와 침대 시트를 몇 장 주시겠어요?

생 모리스에는 누가 있습니까? 할머니는 어디 계신가요?

★ 포르투갈 산 포도주.

진심으로 정다운 인사를 드립니다. 어머니 마음이 평안하길 기원합니다. 미마 누나에게 내가 편지한다고 전해 주세요……!

존경을 표하는 어머니의 아들, 앙트완느

1924년 3월, 파리

어머니,

내월 초에 돈을 받을 것 같습니다. 그 돈이면 일요일 아무 때나 생 모리스를 왕복할 수 있어요. 그렇게 되면 신경을 덜 쓰겠지요. 어머니와 비슈 누나를 만나고 우리 집을 다시 보면 기쁠 거예요. 어머니는 다정한 편지를 보내셨지요. 내가 오랫동안 나답지 못한 것이 사실이에요. 지난 8개월 동안 거의 안정을 취하지 못하고 몹시 불안한 생활을 해왔어요. 하지만 저를 원망하시면 안 돼요.

지금은 아주 잘 지내고 있습니다. 일도 권태롭지 않고요. 몇 가지 계획도 세우고 있습니다. 소설을 조금씩 단편적으로 쓰고 있는데, 어머니의 친구분인 루이 드 본느비 여사도 보며 감탄합니다.

디디가 나에게 편지를 했을 것입니다. 사실 지금은 답장을 못하지만 별로 중요한 건 아니에요. 왜냐면 아직 이야깃거리가 별로 없지만 곧 많이 생길 거니까요……. 디디는 어떻게 지내고 있습니까?

프리우 대위의 집에 옛 친구들과 모여 즐겁게 우정을 나누고 있어요. 이본느 이모는 1개월 전부터 남프랑스에 있지만 곧 돌아올 거예요.

어머니, 거기 있는 게 권태롭지는 않습니까? 디디 집에서 그림을 그리고 따뜻하게 지내시는 건 어떤지요. 다행히 요즘엔 햇빛도 약간 있고 그렇게 춥지도 않을 거예요.

어머니께서 내 외투 문제를 해결해 주신다고 말씀하셨지요? 어음은 이달 말에 찾을 거예요. 그것을 어머니에게 보내 드릴까요? 여하간 내가 기대하는 일이 4월 초순에 성공하게 되면 거기 도착해서 그 돈을 갚을게요. 어머니께 더 이상 경제적인 부담을 안기고 싶지 않아요. 그런데 사실 저는 요즘 곤궁에 처해 있어서, 어떻게 갚아 드릴지 모르겠습니다.

어머니를 사랑하는 것처럼 다정한 인사를 드리며 이만 줄이겠습니다.

경의를 표하는 어머니의 아들, 앙트완느

1924년 6월, 파리

어머니,

나는 선거하러 갈 작정이었어요. 그리고 일요일이 비행기에서 사진을 찍을 수 있는 유일한 기회기도 했고요. 그래서 그렇게 했지요. 항공사진협회를 하나 창설해서 내가 협회장이 되고 싶어요. 사전 준비 작업을 하고 있답니다. 이 계획을 포기하지는 않을 거예요.

요즘은 파리 박람회에 내가 주관하는 조그마한 간이 건물에서 세월을 보내고 있습니다. 친구들은 거기로 나를 찾아옵니다.

내가 신중하고 위엄 있는 표정으로 손님 수백 명과 토론하는 것을 보면 어머니는 웃으실 거예요. 〔……〕

자크 외삼촌 가족은 아들을 입대시키기 위해 떠났어요*. 큰 열의는 없어보였지만, 오히려 군생활은 그의 건강에 좋을 것입니다. 나도 2년간 군대에 있는 동안 기관사, 기계 수리병과 친해진 것만큼 좋았던 기억이 없어요. 감옥에서 우울한 샹송을 부를 때도 좋았지요.

---

* 외삼촌 이나크 드 퐁스콜롱브의 아들 프랑스와 드 퐁스콜롱브와 앙트완느의 사촌동생이 군복무를 하기 위해 입대하였다.

소설이 한 페이지씩 완성되어 갑니다*. 다음달 초순경에 가서 어머니께 이 소설을 보여 드릴 생각이에요. 나는 이 소설이 완전히 새롭다고 생각합니다. 가장 좋다고 생각하는 대목을 방금 몇 페이지 썼어요.

어머니께서 제 친구들을 기분좋게 맞아 주셔서 무척 감격했어요. 이에 대해 더 잘 감사를 표시하지 못하는 걸 용서해 주세요. 〔……〕

벗들은 정답고, 나는 건강합니다. 이렇게 정다운 친구들을 얻다니 나는 정말로 하늘의 축복을 받았습니다. 친구들을 불러 대접하고 정답게 어울릴 아파트를 한 채 갖고 싶습니다. 우리 집도 아닌 습기 찬 방에서는 못 살겠어요.

날씨가 너무 더운 것도 하나의 불행입니다. 태양을 어떻게 좋아하시나요? 모든 사람이 땀을 흘립니다. 이것도 지긋지긋합니다.

포동포동 살이 찌고 낙천적인 아나이 고모가 수요일마다 저를 불러 점심을 먹습니다. 우리는 파리의 식당을 한 바퀴 돌지요. 고모를 작은 클럽으로 모셔가면 고모도 만족해 하십니다. 우리는 연인처럼 정치, 문학, 사교 생활을

★ 이 소설의 원고는 분실하였다.

이야기합니다.

제 생활은 말씀드린 대로입니다. 저는 일전에 생 모리
스가 근사하다고 생각했어요. 빨리 거기로 떠나고 싶다는
것도 말씀드려야겠군요. 어머니 딸인 디디에게 맞춰 휴가
를 얻도록 노력할게요. 그리고 버찌를 큰 상자로 보내 주
세요. 가능하시지요? 그럼 무척 기쁠 거예요. 어머니, 제
친구들은 일전에 어머니께 환대를 받아서 무척 감동하고
있답니다.

무척 다정하게 인사를 드립니다.

어머니, 나는 어머니를 무척 사랑합니다.

앙트완느

1924년, 파리의 오르나노 가 70번지

어머니*,

〔……〕 저는 오르나노 가 70번지에 있는 침침하고 조
그마한 호텔에서 우울하게 살고 있습니다. 이 생활은 별

★ 앙트완느는 당시 부르봉 기와 공장의 작업 감독자였다.

재미가 없는 데다 날씨도 음산합니다. 모든 것이 정말 우울합니다……!

오래 전부터 편지를 못 썼습니다. 어머니께 알려 드릴 좋은 소식을 기다렸는데, 아직 아무것도 결정이 나지 않았거든요. 헛된 희망을 품고 편지를 하고 싶진 않아요. 하지만 지금 이것은 거의 확실한 것 같습니다. 어머니도 굉장히 기뻐하실 거예요.

새로운 직업으로 자동차 회사에서 일할 것을 고려하고 있습니다. 먼저 1. 고정 봉급으로 연봉 1만 2천 프랑, 2. 수수료로 매년 약 2만 5천 프랑, 합계 3만 내지 4만 프랑을 매년 받을 거예요. 더구나 내 앞으로 조그마한 자동차도 한 대 나옵니다. 그 차로 어머니와 모노 누나를 태우고 돌아다닐 거예요. 다음 주에 완전히 결정이 되면, 약 일주일을 보내기 위해 금요일경에 어머니한테 갈 것입니다. 독립된 외무 사원으로 일하는 거지요. 이렇게 기쁜 것도 1년 만입니다. 한없이 기쁘고, 어머니도 기쁠 것입니다.

하지만 호텔에서 생활하는 것은 싫증이 납니다. 어떻게 숙박을 할지 모르겠어요.

유일한 걱정거리는 제가 차에 관한 모든 과정에 정통해야 한다는 것인데, 그러려면 공장에서 모든 부서의 직공들과 2개월 간 실습을 받아야 됩니다. 이 2개월도 봉급을 주는지는 잘 모르겠지만, 어쨌든 2개월 후에는 부자가 될 것입니다.

어제 저녁 프리우와 함께 프랑스 대사 헨너 씨의 부인인 마이유 여사 댁에서 식사를 했어요. 마이유 여사는 '위대한 재능을 가진 문인!'이라며 저를 소개했습니다.

시몬느 누나는 언제 도착합니까? 누나가 무척 그립습니다. 올 겨울에는 내가 조그맣고 멋진 자동차로 누나를 데리고 돌아다닐 거라고 전해 주세요…… 그리고 아파트를 하나 얻으면 시몬느 누나를 저녁 식사에 초대할게요 (프리우 대위의 아파트가 없어서 유감입니다).

거대한 희망이 형체를 이루고 있는 듯합니다. 결과는 수요일에 편지로 알려드리겠습니다. 그리고 가능하면 그때 어머니를 만나러 갈게요. 아니면 어머니께서 잠깐 파리에 다녀가시겠어요?

내가 사랑하는 것처럼 진심으로 어머니께 정다운 인사를 드립니다.

앙트완느

추신 : 약간 희망을 가지고 기뻐해도 괜찮을 거라고 단언합니다.

1924년, 파리의 오르나노 가 70번지

어머니,

저는 지금 대단히 만족스럽습니다. 대단히 훌륭한 직업을 얻을까 합니다. 배치된 세 지역의 서류를 검토했는데, 모두 훌륭했습니다. 소레 회사도 거기서 좋은 평가를 받습니다. 이것이 내 업무가 될 것입니다.[*]

실습은 권태롭지는 않지만 피곤하고 집중을 해야 합니다. 실습 기간도 다 끝나갑니다. 내일 마지막 부서—수선 및 영업과—로 떠날 생각을 하고 있습니다.

직장동료들은 모두 호감이 갑니다. 서글서글한 외무 사원 동료들과도 마음을 터놓고 친해졌습니다. 마침내 생계를 걱정하지 않아도 되게 되었습니다.

결혼할 생각이 약간 있는데 누구와 할지 모르겠습니다. 어쨌든 저는 이렇게 일시적인 생활은 혐오합니다. 그리고 나는 아버지로서의 부정父情이 많으니 어린애들이 많았으면 좋겠습니다…….

여하튼 참한 처녀가 있으면, 서슴지 않고 청혼할 생각

[*] 앙트완느는 소레 트럭 회사의 외무 사원직을 제의 받았다.

입니다. 〔……〕

나는 대단히 건강합니다. 이런 관점에서 보면 실습기간
은 좋은 치료인 셈입니다. 나는 2제곱미터 사무실이 어울
리는 사람은 아닙니다.

어머니, 나는 또 생활에 희열을 느낍니다. 제게 얼마나
멋진 친구들이 있는지 어머니는 상상도 못할 겁니다. 이
들 사이에는 호감이라는 전염병이 유행하고 있답니다. 본
느비 여사는 언제나 나에게 손짓을 하고, 살레스는 깊은
우정이 담긴 편지로 나를 감동시킵니다. 세고뉴는 천사같
아요. 소신느 가족들은 수호 천사들이고, 이본느 이모와
마피 여사는 말할 것도 없지요……

그런데 마피 여사에게 끔찍한 일이 생겼습니다. 어머니
께서 그 분에게 몇 마디 편지하셔야겠어요. 3개월 전 미
국으로 간 남편을 만나러 가는 중에 7개월짜리 어린 딸을
잃었다고 합니다. 충격을 받은 그 분에게 친절하게 몇 마
디 전해주세요. 〔……〕 그분은 정말 어려울 때 제게 도움
이 되었습니다. 그러니 나를 위해 그렇게 해주세요.

해군장교가 된 고등학교 동창생을 만났어요. 굉장한 교
양과 견문을 쌓았더군요.

자기 의견을 피력하는 것을 보니 의지할 만한 훌륭한

사람이 된 것 같았습니다. 우리는 예술 작품과 전시를 함께 보고 토론할 예정입니다. 친구가 건전하면서도 활기차고 명석한 사상을 가진 것이 기뻤습니다.

시몬느 누나는 주님의 보호 아래 성장하며 발전하고 있습니다. 자기 반 작문 대회에서 1등을 했더군요*. 누나 혼자 시험을 치른 것은 아니지요. 그런데도 누나는 항상 정오에 일어납니다.

미마 누나의 건강이 좀 좋아졌다니 기쁩니다. 내 단편 소설**과 누나의 단편 소설***을 타이프라이터로 치려면 실습이 끝나길 기다려야 합니다.

매일 13시간 근무하는 것도 힘들어 손도 못 대고 있어요. 그러나 누나에게는 곧 된다고 말씀해 주세요.

어머니, 이만 줄이겠습니다. 지금은 자정입니다. 내일 아침 6시에 일어나야 합니다. 다정하고 정다운 인사를 보냅니다.

앙트완느

★ 시몬느 드 생 텍쥐페리는 국립고문서학교에 다녔다.
★★ 〈비행사〉
★★★ 〈암사슴의 친구들〉

1924년, 파리의 오르나노 가 70번지

어머니,

진심으로 감사합니다. 어머니는 내 사랑의 대상입니다. 설탕에 절인 과일이 햇볕에 바싹 말랐더군요. 어머니 구두는 아직 모르겠습니다. 그래도 어머니는 밝은 색 구두를 좋아하시니까 걱정이 됩니다.

나는 지쳐 있지만 일은 굉장히 열심히 합니다.

화물 자동차에 대하여 막연히 생각하던 것이 분명해지고 밝아졌습니다. 나는 트럭에 대한 관념을 바꿀 수 있다고 생각합니다.

어머니, 제가 성공한 사람이 되면 파리에서 나와 살지 않겠습니까? 내 방은 너무 음침해서 옷과 구두를 벗을 용기가 나지 않습니다……

소설은 잠시 중단되었어요. 그러나 시간이 나는 대로 관찰을 했기 때문에 내적으로는 상당히 발전한 것 같습니다[*]. 나는 소재를 쌓고 있어요.

한 달 후나 아니면 그 전에는 시간적 여유가 생기고 생

---

[*] 앙트완느의 첫 작품 〈비행사〉로 1926년 앙드리엔느 모니에 씨의 〈나비르 다르장〉 출판사에서 출판되었다.

활도 활기를 띨 거예요(지금도 권태롭지는 않습니다).

자동차에 신경써야겠군요. 어머니께서 제안하신 대로 〈크레디 리오네〉 은행에서 내 구좌를 개설해 주시겠어요? 그런데 어머니, 우리가 생 모리스에서 말한 금액은 1만 프랑이었지요.

이 금액은 버겁습니다. 왜냐면 저는 자동차 보험도 들어야 하고 옷도 몇 벌 맞춰 입어야 하니까요. 야회복과 외투를 빼면 제 옷은 다 제대할 때 맞춘 것입니다. 첫 달의 출장 경비도 월말에 가서야만 받게 됩니다. 그리고 아마 제가 살 곳도 필요하지 않을까요?

어머니가 꼭 저를 도와야 하는 건 아니에요. 그래도 내키는 만큼 돈을 보내주세요.

빠르면 빠를수록 경제적일 겁니다. 왜냐면 아침에 늦게 일어나기라도 하면 쉬레슨*까지 택시를 타고 가다 파산할 테니까요.

어머니, 저도 언젠가 어머니를 돕고 싶어요. 그리고 이 모든 것을 다소나마 갚을 수 있길 희망합니다. 저를 조금만 더 믿어 주세요. 저는 열심히 일하고 있으니까요.

★ 앙트완느가 일하는 공장은 쉬레슨에 있었다.

어머니를 사랑하는 만큼 다정하게 정다운 인사를 드립니다.

존경을 표하는 어머니의 아들, 앙트완느

추신 : 주소 번지를 주의해 주세요(70번지). 〔……〕

1924년, 파리

어머니,

〔……〕 이본느 이모가 자동차로 나를 퐁텐느블뢰*에 데려갔어요. 멋진 소풍이었습니다. 점심은 앙리 드 세고뉴의 댁에서 먹었습니다. ……X는 모로코로 다시 출발했어요. —제 교육이 어떤 결실을 맺었는지 보세요.

그가 나에게 이런 편지를 보냈어요.

"……자네가 내게 가르쳐준 것을 나는 잘 이해했다네. 또 막연하게 느끼던 것을 자네에게 배우고, 그로인해 마음이 밝아진 듯하네. 왜냐면 자네는 생각할 줄 알고 그

---

* 파리에서 약간 남쪽에 있는 궁전으로 프랑스와 1세 때 지어졌다. 나폴레옹 1세가 1314년에 폐위 서약서에 서명한 곳으로 유명하다.

사상을 명료하고 간략하게 표현할 줄 알기 때문이야. 등
등……."

"……자네가 나에게 베풀어준 배려 덕분에 내가 발전
한 걸 생각해보면 나는…… 등등……."

"……전에도 말했지만, 앞으로 격이 높아지고 자네 계
획대로 세상을 이해하려면 내가 할 일이 얼마나 많은지
여러 번 느꼈다네…… 등등……."

"……자네가 시킨 실습이나 그 성과 때문에 내가 얼마
나 자네에게 탄복하는지 모를 걸세…… 등등……."

나는 그를 바깥 세계와 연결시키며 미약하게나마 그를
인간답게 하였습니다. 이러한 사상 교육이 성공한 것이
상당히 자랑스러워요. 사람들은 모든 것을 가르치지만 이
사상 교육만은 간과하지요. 사람들은 글을 쓰고, 노래 부
르고, 말을 잘하고, 감동하는 것을 배웁니다. 정작 자신은
남의 말에 휩쓸리고, 언어로 감정을 기만하기도 하지요.
하지만 나는 책에서 얻어지는 것이 아니라 인간적인 것
을 원합니다. 〔……〕

제가 주목한 것은 사람들이 말하거나 글을 쓸 때 인위
적인 연역演繹을 위하여 당장 모든 사고를 포기한다는 점
이었습니다. 사람들은 마치 진실이 나오는 계산기를 두드

리듯 단어를 사용해요. 이건 얼빠진 짓이지요. 추론을 배울 것이 아니라 추론하지 않는 것을 배워야 합니다. 무엇을 이해하기 위해 일련의 단어를 나열하는 것은 필요하지 않습니다. 사람들은 단어를 신임하지만 사실 단어들은 모든 것을 왜곡시킵니다.

제 교육법은 분명해졌어요. 저는 이걸 책으로 만들 거예요. 한 사람의 내적 갈등을 보여주는 책인데, 처음 시작할 때 내면을 잔인할 만큼 적나라하게 파헤칠 필요가 있었습니다. X에게 그랬던 것처럼 자신이 별 존재가 아니라는 사실을 그 제자들에게 입증해야만 합니다.

재미로 글을 쓰거나 재산으로 모으려고 하는 사람들을 나는 증오합니다. 무언가 말할 것이 있어야 합니다.

그래서 저는 먼저 X가 나열하는 단어들이 어떤 점에서 인위적이고 무익한지 가르쳤어요. 그리고 작업이 부족한 게 잘못이 아니라 모든 것의 기초인 사물을 보는 방법에 큰 과오가 있음을 가르쳤고요. 또 문체가 아니라 글을 쓰기 전에 그 내부—지성과 비전—를 다시 교육시켜야 한다고 가르쳤습니다.

시작은 스스로를 혐오하는 것입니다. 이것은 제가 체험한 건전한 건강법이기도 하고요. 그래서 그는 사람들을 다

르게 보고 이해할 수 있음을 비로소 알게 되었지요. 이제
그는 달라질 수 있습니다. 내게 무척 감사하더군요…….

이만 줄일 시간이 되었습니다.

어머니를 사랑하는 만큼 진심으로 정다운 인사를 드립
니다.

존경을 표하는 어머니의 아들, 앙트완느

1924년 여름, 파리

가엾은 어머니,

디디가 보낸 편지를 읽고 굉장히 걱정이 됐습니다. 그
렇게 위중한 줄은 전혀 몰랐어요.

내가 갈까요? 저는 직장을 다녀야 하는 데다 또 어떤
일을 주선하러 며칠 리용에 가기 때문에 토요일에나 갈
수 있습니다.

어쩌다 갑자기 병이 들었습니까?[*]

---

[*] 앙트완느의 누나인 마리 마들렌 드 생 텍쥐페리는 2년 후에 결핵으로 사망했
다. 그녀의 작품 〈암사슴의 벗들〉은 꽃과 동물에 대한 우화집으로 1927년 리용
의 라르당제 출판사에서 출판되었다.

만일 제가 가길 원하시면 간단히 서신으로 알려주기만
하면 됩니다.

〈암사슴의 벗들〉의 원고는 제가 직접 가져가거나, 그렇
지 않으면 여하튼 토요일에 발송하겠습니다.

어머니, 미마 누나, 디디, 시몬느 누나를 힘껏 포옹하며
이만 줄입니다. 〔……〕

1924년 여름, 파리

어머니,

편지를 받고 좀 안심이 됐어요. 시몬느 누나가 전화로
나쁜 소식을 전했던 날 저녁 저는 어머니께 전보를 치려
했습니다. 다행히 지금은 덜 불안하군요.

가련한 어머니, 언제 잠시 휴양을 가시렵니까? 아게로
가든가 아니면 여기 오셔서 며칠 보낼 생각은 없으신가
요? 날씨는 좋지 않습니다만, 그래도?

저는 사무실에서 편지를 쓰고 있습니다. 앞으로 고객이
될 사람들의 서류를 면밀히 조사하는 중이에요. 이번 달
에는 몽뤼송과 나머지 지역으로 여행을 떠날 계획이고요.

사업이 성공하길 기대합니다. 공장도 마음에 들어요. 어머니께서 좀 더 안정되시고 미마 누나가 차도가 있으면 완전히 행복할 거예요. 불안해 할 어머니를 생각하니 너무나 슬픕니다.〔……〕

지난 일요일에는 오를리 비행장에서 비행했어요(그때부터 한쪽 귀가 거의 들리지 않지만, 곧 나아질 것입니다). 부자가 되면 전용 비행기를 하나 살 거예요. 그리고 생 라파엘*로 어머니를 방문하러 갈게요.

어제 저녁에는 자크 외삼촌댁에서 저녁 식사를 했어요. 〔……〕 비길 데 없이 인정 좋은 분들이지요. 한 소련 여자가 제 트럼프 점을 보았는데, 내가 일주일 전에 사귀게 된 젊은 과부와 결혼을 할 거라고 예언하더군요. 그래서 몹시 착잡하답니다!

어머니, 또 편지할게요. 미마 누나와 함께 내가 사랑하는 만큼 진심으로 정다운 인사를 드립니다.

존경을 표하는 어머니의 아들, 앙트완느

★ 지중해상에 있는 항구 도시로서 해수욕장이 있으며 요양지. 제2차 세계대전시 미불 연합군이 1944년 8월 15일 이 항구로 상륙한 것이 유명하다.

1925년, 파리

어머니,

좀 더 행복한 신년이 되기를 기원합니다. 하늘에 간절히 기도하겠습니다.

어머니를 뵐 생각을 하니 미친 듯이 기뻤어요. 남프랑스에 가서 디디 누나, 미마 누나, 다른 누구보다 어머니를 뵙고 싶었지요. 그런데 새해 첫날 방세로 250프랑, 빚 50프랑을 지불해야 하는데 그러면 50프랑이 용돈으로 남아요. 어머니, 나도 이제는 철이 들어 큰 희생을 해야 합니다. 지금은 이렇게 어머니에게 부담만 드리니 양심의 가책을 느낍니다. 최소한 이 여행비용은 어머니에게 부담시키지 않으렵니다.

그래도 울적하긴 합니다. 결심을 하고 남아 있어야겠지만, 나는 아직 그럴 용기가 없었어요. 그러나 어머니를 보고 돌아오면 바로 그날로 돈을 요구해야겠지요. 어머니께서 보내주신 돈으로 최소한 방세는 지불을 하겠지만 나도 생활을 해야 되니까요! 어머니께 다시 손을 벌릴 생각을 하니 내 자신이 역겹습니다.

어머니, 이렇게 풍족치 못하게 사는 것이 지긋지긋합니

다. 그리고 나만의 기쁨을 위해 돈을 사용하고 어머니 곁에 이틀간 있기 위해 350프랑을 지불하는 것은 좋지만은 않은 생각이 듭니다.

다정하고 정다운 인사를 드립니다.

존경을 표하는 어머니의 아들, 앙트완느

1925년, 몽뤼송 우체국 유치 우편

어머니,

아득한 도시 몽뤼송에 와 있어요. 저녁 9시면 잠이 드는 도시에요. 나는 내일 일을 시작합니다. 사업이 잠시 중단되었지만 잘 진행되기를 바라고 있어요.

디디에게 보낸 편지 때문에 나를 원망하지는 마세요. 그 편지는 몹시 실망해서 쓴 것이었어요. 어머니께서 말씀하신 여자들은 제게는 친구같은 존재일 뿐입니다. 어떤 사람에게 내가 찾는 것을 발견하지 못했다고 내가 괴로워할 수는 없어요.

내가 흥미 있게 생각하던 정신 상태가 쉽게 간파될 수

있는 기계론에 불과하다는 것을 알았습니다. 그때부터 나는 실망과 혐오감을 느낍니다. 나는 이런 사람을 원망하고, 사물과 사람들을 멀리하고 있어요. 이것은 생각 이상으로 심각합니다.

조그마한 시골 호텔 응접실입니다. 맞은편에 멋있게 겉멋을 부린 채 뽐내며 장광설을 늘어놓는 사람이 하나 있군요. 내 생각에 이 지방 작은 별장의 주인인 것 같습니다. 그가 큰 소리로 떠드는 말은 어리석고 무익합니다. 나는 이러한 사람도 용서할 수 없어요. 만약 내가 결혼한 여성이 이런 사람을 좋아한다는 사실을 나중에야 알게 된다면, 나는 가장 불행한 사람이 될 거예요. 제 아내는 현명한 사람들만 좋아해야 합니다. Y씨 댁을 나올 때도 손님 한 사람 때문에 완전히 참을 수가 없었어요. 나는 입을 열지 못했고, 사람들에게 한소리 들어야 했습니다.

제가 X씨 이야기를 하면 어머니는 언짢을 것입니다. 저는 이러한 거짓 교양, 기만적이고 감정적인 괴벽, 마음의 양식이 되거나 실질적인 호기심을 일으키는 대신 감정적이고 진부한 이야기들을 염두하지 않습니다. 그는 억지로 감동시키거나 도식적으로 꾸민 책과 이해법만 기억합니다. 등장인물이 총사銃士 가면을 쓰고 무도복을 입어야만 기사답다고 느끼는 사람들을 나는 좋아하지 않아요.
〔……〕

어머니, 내게는 그들보다 나를 더 잘 아는 친구들이 있어요. 친구들은 나를 몹시 좋아하고 나도 그들을 좋아합니다. 이것은 내가 상당히 가치가 있다는 증거지요.

가족들 사이에서 나는 경박하고 수다스러우며 향락적인 존재입니다. 하지만 나는 향락 속에서 무엇인가 배울 점을 찾았어요. 나이트클럽에 기생하는 이들은 참을 수 없습니다. 의미없는 대화는 나를 권태롭게 만들기 때문에 나는 여간해서 별로 입을 열지 않아요. 그들의 성격을 누그러뜨리려는 것도 필요 없는 일입니다.

저는 옛날과 달라져 있습니다. 어머니께서 이 점을 알아주시면 좋겠어요. 내가 디디에게 쓴 편지를 어머니께서는 다른 시각으로 보신 겁니다. 그것은 파렴치한 것이 아니라 권태로움이었습니다. 사람은 저녁에 지쳐 떨어지게 되면 이처럼 된답니다. 나는 매일 저녁 그날의 대차대조표를 작성해요. 만일 그날의 성과가 부진하면, 제가 믿을 수 있는 사람들에게 고약하게 대한답니다.

또 제가 편지하지 않는다고 탓하지도 마세요. 일상생활은 별 대수로운 것이 없으며 언제나 거의 변함이 없습니

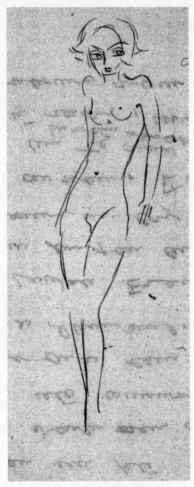

원고 뒷면에 생 텍쥐페리가 그린 그림

다. 내면 생활은 말하기 어려우나 일종의 수치스러운 점이 있어요. 이런 이야기를 하는 것은 너무나 거만한 일입니다. 내면 생활이 어떤 점에서 중요한지 어머니는 상상할 수 없을 거예요. 이것은 모든 가치를 바꾸고, 타인에 대한 판단까지 바꿉니다. 어떤 '마음 좋은' 녀석이 쉽사리 감동하든 말든 그것은 나와 상관 없는 거예요. 내가 글로 쓴 작품은 생각하고 본 것을 세심하게 심사숙고한 결과입니다. 나는 그 속에서 내가 어떤 존재인지 추구해야 하고요. 내 방, 싸구려 식당의 고요 속에서 나는 내 자신과 대면할 수 있으며, 문학적인 표현과 속임수를 피하고 노력하여 표현할 수 있습니다. 그래서 저는 스스로 정진하는 사람이고 양심적이라고 생각합니다. 감동시키거나 어떤 연상을 위해 보이는 것을 그르치는 것을 나는 용납할 수 없어요. 다방에서 들려주는 통속 음악의 멜로디가 어머니 신경을 거스르는 것처럼 그들은 내게 정신적인 기쁨을 쉽사리 공급하기 때문에 실제로는 경멸합니다. 어머니도 새해 첫날이나 명절의 연하장 같은 편지를 쓰도록 내게 시킬 수는 없어요.

어머니, 나는 내 자신에 대하여 가혹한 편입니다. 내가 마음속으로 거부하거나 수정하려 한 것을 다른 사람에게

어린왕자 삽화

도 거부할 권리를 나는 가지고 있습니다. 본 것과 글로 쓴 것 사이에 사상적인 겉멋을 개입시키지도 않습니다. 내가 목욕하거나 자크 외삼촌네 집에서 저녁 식사한 등의 이야기를 편지로 알리길 바라시나요? 나는 이러한 것들에는 정말로 무관심합니다.

정말로 어머니를 진심으로 사랑합니다. 표면에 쉽사리 나타내지 않고 모든 것을 마음속으로 감춘 것에 대하여 나를 용서하세요. 사람은 각자 능력이 있지요. 그래서 가끔 힘에 겹기도 합니다. 내 비밀 이야기를 알고 나를 잘 아는 사람은 많지 않습니다. 어머니께서는 진실로 이전의 내 비밀 이야기를 가장 많이 아는 분이며, 내가 Y씨에게 보여 준 것처럼 수다스럽고 표면적인 저의 이면을 아는 분입니다. 이것을 모든 사람에게 보여 주기에는 품위가 없으니까요.

어머니, 진심으로 정다운 인사를 드립니다.

앙트완느

1925년, 파리

어머니,

파리 오르나노 가 70번지로 돌아왔습니다. 나는 몽뤼
송을 경유하며 나를 기다리고 있는 어머니의 편지 두 통
을 받았어요. 어머니는 멋진 분입니다. 나도 어머니 같은
아들이 되고 싶어요.

어머니, 침묵 속에서 여행하는 동안—15일간 혼자서—
유치 우편물을 받아 보면서 돌아다닐 때 어머니 편지보
다 나를 더 기쁘게 한 것은 아무것도 없었어요. 다음 기차
를 기다리는 동안 나는 시골 조그마한 식당에서 그 편지
들을 읽었습니다.

어머니, 표현은 잘 못한다 할지라도 얼마나 감탄하고
어머니를 사랑하는지 말하지 않을 수 없군요. 어머니의
사랑은 저를 편안하게 하고 신뢰를 쌓아갑니다. 그런데
제가 어머니의 사랑을 이해하기 위해서는 오랜 시간이
필요할 거예요.

어머니, 제게는 당신의 사랑이 매일 더 잘 이해가 됩니
다. 어머니는 우리를 위해 생활을 많이 희생시켰는데, 나
는 어머니를 고독 속에 지내시게 내버려두었어요. 내가

어머니의 친한 친구가 되어드릴게요.

　나는 조그마한 열차, 카드 놀이를 하는 카페, 지방의 소
도시들을 보았어요. 살레스가 지난 일요일에 몽뤼송으로
나를 만나러 왔습니다. 얼마나 충실한 녀석인지! 우리는
매주 한 번씩 열리는 댄스홀에 같이 갔어요. 군청 소재지
의 무도장입니다. 처녀들은 가게 주인의 아들들과 춤을
추고, 그 어머니들은 장미색, 파란색 옷을 입고 사각형으
로 그들을 둘러싸고 있었습니다. 나는 옛날에 '골론' 음악
회에서 연주하던 훌륭한 바이올린 연주자를 한 사람 사
귀었어요. 말없이 몽뤼송에서 일하는 그에게 살레스와 나
는 매혹되었습니다.

　이런 사람도 사귀었어요. 친상親喪을 당해 시골로 내려
온 사람인데 아무것도 하지 않고 독서도 하지 않습니다.
쥬니에* 박사는 그들을 자살자들이라고 불렀어요. 우리
는 체스도 두고, 그가 무질서한 자기 집으로 나를 데려가
기도 했어요. 유감스럽게도 그는 훌륭한 그림을 그리던
사람입니다. 그런데 어머니 그림은 어떻게 되어가나요?

　어머니, 다정한 인사를 보냅니다. 나를 만나러 오시겠어요?

앙트완느

★ 생 텍쥐페리에게 충고를 하여 큰 영향을 끼친 인물.

비행사 생 텍쥐페리

1925~1926년 겨울, 파리

어머니,

자동차를 운전하다가 손가락에 동상이 걸렸어요. 지금
은 밤 열두시입니다. 침대 위에 모자를 던지니 몹시 고독
합니다.

돌아와서 방금 어머니의 편지를 봤어요. 편지가 내 대
화 상대가 되었습니다. 설혹 내가 편지를 안 하고, 설혹
내가 나쁜 녀석이라 할지라도, 어머니의 애정보다 더 가
치 있는 것은 아무것도 없다고 할 수 있겠지요. 어머니의
애정은 무어라고 형언할 수도, 결코 말할 수도 없는 것입
니다. 그러나 이처럼 마음속에 있으며 확실하고 변치 않
는 것이기도 합니다. 나는 다른 누구도 사랑하지 않는 것
처럼 어머니를 사랑합니다.

나는 에스코와 영화관에 갔었어요. 감정을 기만하고 은
밀한 연속성도 없는 나쁜 영`화더군요. 저녁에 군중이 감
동하는 것을 보는 것만으로도 나는 싫증이 났습니다. 그
이유는 내가 고독하기 때문이지요.

지금 자동차가 고장이 나 파리에서 야영을 하고 있답
니다. 나는 아프리카에서 온 탐험가처럼 여기에 잠깐 들

렸어요. 그리고 몇 군데 전화를 걸며 우정을 확인했어요. 어떤 친구는 바쁘고 어떤 친구는 없더군요. 그들의 생활은 계속되는데 내가 갑자기 들이닥친 셈입니다. 그래서 혼자 지내는 에스코를 불러 함께 영화관에 갔습니다. 그것뿐입니다.

어머니, 내가 한 여자에게 바라는 것은 바로 불안감을 가라앉히는 것이었습니다. 사람들이 필요로 하는 것이 바로 그것이지요. 사람들이 얼마나 짓눌리고 얼마나 자신의 젊음을 불필요하게 느끼는지 어머니는 모를 거예요. 한 여자가 무엇을 줄 수 있고 무엇을 주게 될는지도 어머니는 모를 것입니다.

나는 이 방에서 너무나 고독합니다.

어머니, 내가 극복할 수 없는 우울증에 걸렸다고 생각하지 마세요.

문을 열고 모자를 벗고서 손가락 사이로 도망간 하루가 끝났다고 느낄 적에는 언제나 이렇게 우울합니다.

그래도 내가 매일같이 편지를 쓴다면 무엇인가 남기 때문에 행복할 것입니다.

나는 젊음을 필요로 합니다. "한창 젊은때야"이라고 하는 말보다 나를 더 감탄케 하는 것은 없어요.

하지만 나는 S씨처럼 행복에 만족하여 더 이상 발전하지 않는 사람들은 좋아하지 않습니다. 항상 주변을 돌아보려면 다소 긴장할 필요가 있습니다. 그래서 나는 결혼도 두렵습니다. 이것은 여자에 따라 달라지기 때문이지요.

감동하는 군중은 희망으로 가득 차 있었습니다. 그러나 희망은 저로부터 도망갔고, 제가 희망을 얻으려면 20명의 여자는 족히 필요합니다. 한 명의 여성이라면 제 요구 사항이 너무 많아 숨이 막혀 질식해 버릴 겁니다.

밖은 몹시 쌀쌀합니다. 창문에 비친 햇살이 강렬하군요. 이러한 거리의 인상만으로 훌륭한 영화를 만들 수 있을 거예요. 영화를 만드는 사람들은 바보들이에요. 그들은 볼 줄 모르고, 자신의 도구조차 이해하지 못합니다. 깊은 인상을 남기려면 열 사람의 얼굴에 유의해서 열 가지 동작을 만들면 되지요. 하지만 제작자들은 이런 것들을 종합하지 못하고 사진만 찍어요.

어머니, 내게 일할 용기가 있으면 좋겠어요. 나는 할 말이 많아요. 하지만 저녁에는 그날의 피로를 풀면서 잠을 잡니다.

언제일지는 모르지만 곧 다시 출발할 거예요. 아마 자동차도 바꾸겠지요.

모든 사랑을 전하며 정다운 인사를 드립니다. 아직 정신을 못 차릴 정도는 아닙니다. 그래도 어머니는 나를 축복해 주세요.

앙트완느

1926~1927년 겨울, 툴루즈

어머니[*],

조만간 모로코로 비행을 할 거예요. 그러니 여기는 오지 마세요. 나는 내일이라도 언제든 예고 없이 떠날 수 있어요.

1천 프랑을 빌리긴 했는데 더 큰 돈이 필요합니다. 주택비를 선불해야 하고 비행 장비 등을 구입해야 해요. 어머니가 1천 프랑을 전신환으로 송금해 주시면 내월 말에 그 돈을 갚아 드릴게요(나는 겨울에는 매월 4천 프랑을 받아요). 만약에 그렇게 할 수 없다면 가능한 대로 해 주세요. 나는 내일이라도 출항할 수 있어요. 5일이나 6일 뒤가 될지도 모르지만 준비는 미리 해두어야 한다고 합니다. 지금 남

[*] 앙트완느는 툴루즈에 있는 라테코에르 항공 회사에 막 들어갔다. 그는 툴루즈-다카르 노선의 비행사가 되었다.

아 있는 백 프랑만 가지고 모로코에 가면 무척 난처할 거
예요…….

나는 시험 비행을 훌륭하게 했어요. 그래서 당장 툴루
즈에서 비행을 하게 되었지요. 동료들은 인상이 좋고 지
적이었습니다.

지금은 무척 졸리니 내일 자세히 편지할게요. 나는 비
행을 많이 했어요. 돈 한 푼 없이 출발할 생각을 하니 약
간 두렵습니다. 지금도 어머니께 이 편지를 쓰려다 5분
가량 꼼짝을 못했어요. 한 달은 이렇게 있었던 것 같은 기
분이에요.

무척 다정하게 정다운 인사를 표하며 내일 또 연락드릴
게요.

앙트완느

1926~1927년 겨울, 툴루즈

어머니,
돈을 보내달라고 한 건 돈 한푼 없이 막 출발하려니 정
말로 난처해서였어요.

그리고 서로 만나지 못하면 어리석은 일일 테니 지금은 오지 말라고 한 거예요.

하지만 어머니는 22일까지 다음 일을 해 주세요. 먼저 파스텔과 새 캔버스을 마련하고, 나를 만나러 툴루즈에 오세요. 머플러와 장갑도 마련해 두세요. 스페인의 먼 고향인 알리칸테로 어머니를 모시고 갈게요(육로로 가려면 1주일이 걸려요). 거기에 비행사의 하숙집이나 이와 흡사한 숙소를 마련해 드릴게요. 어머니는 태양 아래서 2주일을 쉴수 있고, 바다 위의 일몰을 그릴 수도 있어요. 저는 3일에 한 번 어머니와 함께 오후를 보낼 거예요. 거기 있는 게 싫증이 나면 언제든 어머니를 프랑스로 모셔 오지요. 그러니 지금부터 스페인에 갈 여권을 만드세요(시청에 문의하세요).

별일은 없으나 약간 권태롭습니다. 어머니를 사랑하는 만큼 정다운 인사를 드립니다.

앙트완느

1927년, 툴루즈

어머니,

새벽에 다카르로 출발합니다. 무척 기뻐요. 아가디르★까지 비행기를 조종하고 거기부터는 여객으로 갈 거예요. 어머니께 편지를 두 통 보냈는데 회신을 받지 못했어요. 하지만 어머니도 나에게 편지를 보냈겠지요. 어머니의 편지가 나를 반길 것입니다. 이것은 5천 킬로미터의 짧은 여행이에요…….

어머니와 작별하니 무척 슬픕니다. 하지만 내가 확고한 자리를 마련하고 있는 중이라는 것을 이해해 주세요. 내가 결혼할 수 있는 몸으로 어머니께 돌아가게 되기를 바랍니다. 여하간 나는 몇 개월 내에 휴가를 얻어 돌아가게 될 거예요. 그러면 어머니를 점심 식사에라도 초대할 수 있겠지요.

어머니, 이만 줄일게요. 머리가 몹시 아프군요. 준비해야 할 이삿짐 상자와 트렁크가 제 머릿속을 어지럽힙니다. 재미있게 읽은 책이 있으면 몇 권 보내 주세요. 나는 글을 쓰기 시작했는데 신프랑스 잡지사★★에 보낼 거예요.

어머니, 어머니를 사랑하는만큼 다정한 인사를 보냅니다.

존경을 표하는 어머니의 아들, 앙트완느

★ 남부 모로코에 있는 인구 3만명의 항구.
★★ 1909년에 창간한 문화 평론의 권위 있는 월간 잡지로 앙드레 지드가 주간했다. 지성인들의 문학 평론지로 명성이 높았으며 1943년에 폐간되었다.

1927년, 다카르

어머니,

너무나 즐거운 여행을 마치고 지금 다카르에 와 있습
니다. 나는 눈앞에서 무서운 무어 사람들을 봤어요. 파란
옷을 입고 곱슬거리는 머리를 길게 늘어뜨리고 있더군요.
마치 실성한 사람들 같았어요! 무어 사람들은 쥐비 곶, 아
가디르, 빌라 지스네로스*에 와서 비행기를 가까이 구경
했는데, 몇 시간을 거기에서 묵묵히 남아있었어요.

사막에서 비행기가 고장 나 으스러진 것을 제외하고는
여행은 잘 끝났습니다. 동료 한 사람이 우리를 데리러 왔
어요. 우리는 세상과 완전히 격리된 조그마한 프랑스 보
루에서 잠을 잤어요. 그곳을 지휘하던 중사는 수개월 간
백인은 한 사람도 보지 못했다고 합니다!

간단히 몇 자 적어 보냅니다. 우편기는 곧 출발합니다.
이번 우편기 편이 아니면 1주일간 이 편지를 가지고 있어
야 해요. 다카르는 보기 흉한 도시지만 항공노선은 훌륭
합니다.

★ 사하라 사막 서부 태평양 연안에 있는 조그마한 항구.

애정과 함께 다정한 인사를 드립니다. 우편기가 지나갈 때마다 편지할게요. 24일에나 노선 운항을 시작하는데 사람들을 사귀려고 노력하고 있어요.

존경을 표하는 어머니의 아들, 앙트완느

1927년, 다카르

어머니,

24일에 우편기를 운항합니다. 그때까지 다카르에서 괜찮은 생활을 하고 있어요. 여기저기서 저를 초대하는데…… 저한테 춤까지 추게 하더군요! 세네갈에 오니 외출을 하네요.

더위는 견딜 만하지만, 이곳의 이상한 기후보다 차라리 프랑스의 추운 날씨가 더 좋군요. 많이 덥지는 않은데 땀이 흐르고, 옷을 입어야 할지 벗어야 할지도 모른답니다. 그래도 저는 잘 지내고 있습니다.

한 달 전부터 어머니 소식을 듣지 못했어요. 저는 가끔 편지를 썼는데 걱정이 됩니다.

어머니로부터 간단히 몇 자라도 받으면 무척 반가울

편지를 읽는 생 텍쥐페리의 어머니 (1927)

거예요. 나는 진심으로 어머니를 사랑하니까요. 이렇게 멀리 떨어져 있으면 어떤 애정이 마음에 의지가 되는지 알게 됩니다. 어머니의 편지, 어머니에 대한 추억이 내 우울증을 치료합니다. 나는 테이블 위에 어머니가 그리신 어두운 파스텔화를 올려 놓았어요. 아직 덜 자랐지만 색깔이 황홀한 개암나무 가지 그림이지요. 그리고 내게 익숙한 표정으로 겸손하게 몸을 기울인 어머니 사진도 함께요. 서랍에는 3년간 받은 어머니의 편지가 모두 들어 있어요.

나는 항상 편지를 쓰는데, 어머니의 주소를 몰라서 생 모리스에서 배달하게 합니다. 이 편지가 너무 늦지 않기를 바라고 있습니다. 하지만 어머니가 답장을 보내주시면 더 좋겠지요?

배 편으로 보내면 시간이 엄청나게 걸립니다. 〈툴루즈, 라테코에르 항공 회사, 배달……〉으로 편지해 주세요. 소포를 보낼 때는 제외하고 말입니다. 소포를 보내시려면 우체국에서 요금을 알아보신 후에 항공 편으로 다카르로 보내 주세요. 왜냐하면 툴루즈에서 무료로 소포를 배달시키는지 잘 모르거든요.

가족들 소식, 누이들의 소식을 보내 주세요. 〔……〕

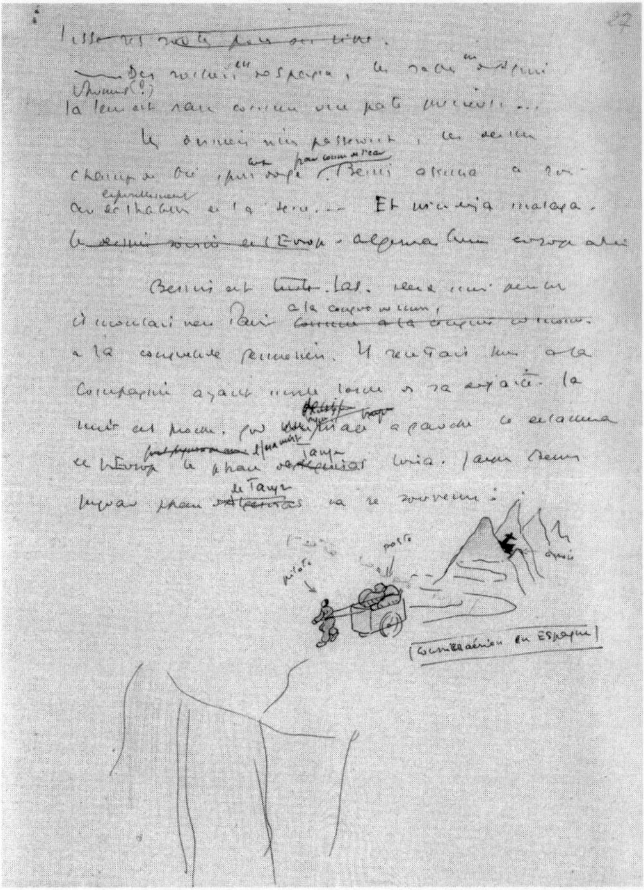

〈남방 우편기〉의 삽화 원고

어머니를 사랑하는 만큼 정답고 다정한 인사를 보냅니다.

앙트완느

1927년, 다카르

어머니,

다정한 디디,

사랑하는 피에르,

가족들에게 단체로 편지를 보냅니다. 가족만큼 저를 즐겁게 하는 것은 없으니까요. 가족의 품으로 보내는 편지입니다.

세네갈에서 비행기가 고장나 한 흑인의 집에서 잤어요. 내가 잼을 주었더니, 그걸 보고 다들 감탄하더군요. 그들은 유럽 사람도, 잼도 본 적이 없습니다. 돗자리에 길게 누우니 온 마을 사람들이 나를 보러 왔어요. 저는 오두막집에서 한꺼번에 손님 30명을 받았지요…… 다들 저를 구경하더군요.

새벽 세 시에 안내하는 사람 둘을 데리고 떠났어요. 밝은 달빛 아래 말을 타고요. 마치 '노련한 탐험가' 같았지요.

디디 그리고 피에르, 인공 부화기를 하나 준비해야겠다. 2주 후에 항공 편으로 타조알을 보낼 작정이거든. 타조는 예쁘고 기르기 쉽단다. 하지만 시계, 은그릇, 사료 빻는 컵, 진주 단추까지, 빛나는 것은 모두 삼켜 버린대.

어머니, 그 점술占術 이야기는 무엇인가요?

저보고 오토바이를 타고 사하라 사막을 달리라는 건가요?* 어머니께서는 제가 어디 있는지 생각하지 않으시는군요. 여기는 불로뉴 숲**과 달라요. 점술은 가장 어리석은 이론이고요. 어머니가 이렇게 어리석은 이론을 믿는 건 바라지 않아요.

보내 주신 책 대단히 감사합니다.

어머니를 사랑하는 만큼 다정한 인사를 드려요.

앙트완느

1927년, 다카르

어머니,

★ 카드로 점치는 여자가 말한 것을 의미한다.
★★ 파리 서쪽에 있는 넓은 숲, 산책길, 운동장, 인공 호수 등으로 정돈되어 있다.

자세히는 모르지만 생 모리스에 계시겠지요. 어머니를 다시 보고 싶어요. 저는 약간 향수병에 걸려 있답니다. 그런데 언제 다시 만날 수 있을까요?

다카르의 기후는 언제나 견딜 만합니다. 나는 잘 지내고 있어요. 여행은 정기적이지만, 나의 인생에서 유일하게 변화무쌍한 시간이기도 합니다. 다카르는 세네갈에서 가장 중산 계급의 사람들이 많아요.

어떻게 지내세요? 사랑스런 가족과 조카와 어머니가 있어 즐겁습니다. 하지만 이곳 사람들은 정말로 숨이 막혀요. 다들 아무것도 생각하지 않고, 슬퍼하지도 만족하지도 않지요. 세네갈이라는 나라도 사람들을 기진맥진하게 만들고요. 그래서 나는 무엇인가 생각하는 사람, 기쁨과 슬픔을 느끼고 우정을 나눌 사람을 갈망합니다.

이곳 사람들의 사고방식은 무미건조합니다. 이 나라는 제 기대에 무척 못 미치고, 모로코처럼 크지도 않고, 예의도 없고 역사도 없는 어리석은 나라입니다. 세네갈은 생각하지 마세요.

하루 중 유쾌한 시간은 한 시간도 없어요. 여명도 황혼도 없이…… 낮은 침울하고 울적합니다. 밤이 되면 대번에 습해지고요.

그리고 캉캉춤은 리용보다 심하고 세계에서 가장 호들 갑스럽고요.

이만 줄이겠습니다. 이 편지를 우편기에 넣겠습니다.

내가 어머니를 사랑하는 것처럼 정다운 인사를 드립니다.

존경을 표하는 어머니의 아들, 앙트완느

1927년, 다카르

어머니,

어머니로부터 편지를 받았는데, 주소가 없었어요. 내가 새파란 건달처럼 춤을 추었고 내일 이 편지를 싣고 갈 사람이 바로 저라는 것을 빼고는 말씀드릴 대수로운 일이 없습니다.

다카르는 별로 달라진 게 없어요. 아프리카 한복판에서 널따란 리용의 변두리까지 찾아오는 건 쓸데없는 일이지요……

그렇지만 쥐비 곶에서 돌아오면 다른 동료와 함께 내륙 지방을 약간 탐험하고 악어 사냥도 하고 싶습니다. 그러면 참 재미있을 거예요.

하지만 내게 가장 큰 위안은 나의 직업이지요.

신프랑스 잡지사에 글을 써서 보내기로 했습니다*. 그러나 나는 이 소설에 약간 얽매여 있어요. 소설이 끝나면 어머니의 의견을 구하기 위하여 보내 드리겠습니다.

상상력이 없어서 길게는 못 쓰겠군요. 이 나라에 대해서 특별히 말씀드릴 것은 거의 없어요. 〔……〕 내가 멀리 떨어져 있다는 느낌조차도 들지 않습니다. 하지만 나는 정기적으로 어머니의 소식을 듣고 싶어요.

어머니를 사랑하는 것처럼 다정한 인사를 드립니다.

앙트완느

1927년, 다카르

어머니,

어머니를 안심시켜 드리기 위하여 매주 한 번씩 간단히 적어 보냅니다. 저는 잘 지내고 기쁘게 생활하고 있어요. 그리고 어머니에 대한 나의 애정도 말씀드려야겠군

---

*〈남방 우편기〉

요. 어머니는 누구보다 다정스러운 분이에요. 그런데 어머니께서 이번 주에 나에게 편지를 하지 않아 불안하답니다.

불쌍한 어머니, 어머니는 너무 멀리 계세요. 어머니가 고독하실 거라 생각해요. 아게에 계시는 것이 좋을 거예요. 돌아가게 되면, 내가 꿈꾸어 왔던 그런 아들이 될게요. 그리고 저녁 식사에도 초대하고 어머니에게 기쁜 일을 많이 해 드릴게요. 하지만 어머니가 툴루즈에 오시면 저는 침울하고 슬퍼서 상냥하지 못한 아들이 됩니다. 왜냐면 툴루즈에서는 어머니께 해드릴 수 있는 게 아무것도 없어 답답하고 슬프기 때문이에요.

그러나 어머니, 다른 사람은 그렇지 않더라도 어머니만큼은 내 인생을 상냥한 애정으로 가득 채우셨습니다. 어머니는 제게 가장 '상쾌한' 추억이에요. 어머니를 생각하면 마음이 명랑해지고, 어머니에 대한 사소한 물건도 이렇게 마음을 따스하게 합니다. 어머니가 사 주신 재킷과 장갑이 내 마음을 보호하는 것처럼요.

내가 멋진 인생을 산다고 말씀해 주세요.

어머니께 정다운 인사를 드립니다.

앙트완느

1927년, 다카르

어머니,

지금 남프랑스에 계시겠지요. 어머니가 거기 계신 걸 생각하니 대단히 기쁩니다. 저는 이 지방에서 대단히 행복합니다. 조그맣게 찍힌 나의 사진을 한 장 보내드려요. 저는 조용하고 수줍고 매력적인 젊은 처녀같아요.

다카르는 외딴 도시입니다. 이곳 사람들이 오늘 저녁 내가 약혼한 줄 알았다고 알려줍니다…….

저만 그것을 몰랐지요. 여기서는 애인이 아닌 사람과는 외출 할 수도 없고, 약혼하지 않은 처녀와도 외출을 할 수 없습니다. 다소 성가신 일이지요.

어머니한테 소포가 왔다는 통지가 왔어요.

내일 찾으러 가겠습니다. 어머니는 내가 사랑하는 분입니다. 내일 우편기가 출발하기 때문에 소포를 풀어 보지 못하고 이 편지를 쓰는 것입니다. 어머니를 사랑하는 것처럼 다정한 인사를 드려요.

앙트완느

추신 : 아무도 나에게 편지하지 않는군요.

1927년, 포르테티엔

어머니,

착륙한 포르테티엔*에서 어머니께 편지를 쓰고 있어요. 여기는 사막 한복판입니다. 집이라고는 세 채밖에 없어요. 우리는 15분 후에 다시 출발할 거예요. 저는 지난주에 사자를 사냥했는데, 죽이지는 않았지만 총으로 쏘아 부상을 입혔어요. 하지만 다른 짐승들—멧돼지, 재칼 등등—은 많이 사냥했어요. 사하라 사막의 경계인 모리타니에서 자동차로 4일간 사냥을 했어요. 우리는 자동차가 탱크라도 되는 양 삼림 지대를 뚫고 돌아다녔답니다.

그리고 부티리미**에서 무어 족 추장의 초대를 받았어요. 덕분에 항공노선에 도움을 받을 거예요. 아마 나를 불귀순 지대로 데려갈지도 모르지요. 얼마나 신기한 탐험입니까! (……)

저는 잘 있어요. 모노 누나는 어떻게 지냅니까?*** 위베르 외삼촌에게 편지가 왔어요. 우표를 보내드릴 생각입

★ 서부 아프리카 모리타니 공화국에 있는 소 항구 도시.
★★ 모리타니 회교 공화국의 소도시. 코란 연구의 중심지.
★★★ 생 텍쥐페리 어머니의 남동생, 위베르 드 퐁스콜롱브.

니다.

조용한 사하라 사막은 몹시 덥습니다. 반대로 밤에는 모두 구슬땀을 흘립니다. 정말 이상한 나라지요. 하지만 매력적인 곳이에요…….

어머니, 내가 어머니를 사랑하는 것처럼 다정한 인사를 보냅니다.

앙트완느

1927년 연말, 쥐비

어머니,

바로 몇 시간 전에 출발을 통지받았어요. 서둘러 짐을 꾸리느라 편지를 쓸 시간도 없답니다.

저는 쥐비 곶 비행장의 책임자로 수도자같은 생활을 하고 있습니다*. 나는 잘 지내고 있어요. 시험할 비행기가 몇 대 있고 기재해야 할 서류도 많습니다. 회복기에 적합한 일이지요**.

어제는 지형도를 만들었어요. 친한 무어 족 추장의 친구들이 저를 보호했지요.

무어 족을 사귄 다음에는 약간 돌아다닐 수 있기를 바랍니다.

요즘은 보트 놀이를 좀 하고, 신선한 바다 공기를 마시며, 멋진 소개를 받은 스페인 사람들과 체스를 두기도 합니다.

어머니는 어떻게 지내세요? 콜롱브***에 계십니까?

어머니를 사랑하는 것처럼 몹시 정답게 인사를 드립니다.

앙트완느

1927년, 쥐비

어머니,

제 생활이 얼마나 수도승 같은지 모릅니다. 넓은 스페인령 사하라 사막 한복판, 아프리카 전역에서 가장 외진

★ 쥐비 곶의 착륙지는 일종의 군대 형무소인 '카시 드 마르'로서 스페인 성채의 보호하에 있다.
★★ 생 텍쥐페리는 류마티즘으로 한동안 몸을 움직일 수 없는 심한 뎅기열을 앓았다.
★★★ 북불에 있는 소도시로서 1914~1918년 전쟁 동안 파괴됨. 생 텍쥐페리 어머니는 이 도시에서 이재민을 위한 사회사업을 운영하였다.

구석에서 말입니다. 해변에 성채가 있고 성채를 등지고 있는 우리의 막사가 있습니다. 그리고 수백 킬로미터 내에 아무것도 없어요! 만조 시간이 되면 막사는 완전히 바다에 고립되어 버립니다. 밤에 창살로 막힌 천창에 팔꿈치를 괴면—우리는 적과 대치하고 있어요—막사 안에도 바로 발 밑에 바다가 있습니다. 그리고 바다는 밤새 막사 벽에 부딪히며 출렁거리지요.

막사의 다른 면은 사막을 향해 있답니다.

이 안은 완전히 벌거숭이에요. 침대는 판자와 얇은 짚으로 만들었고, 세면기는 물항아리로 만들었어요. 타자기와 항공 일지 같은 자질구레한 물건 몇가지만 존재합니다. 그래서 수도원의 방 같습니다.

일주일마다 비행기가 지나갑니다. 일주일 중 3일은 침묵의 날이지요. 비행기가 출발하면 마치 제 아이들 같아요. 여기서 1천 킬로미터 떨어진 다음 착륙지에서 무선전신으로 비행기가 통과했다고 알려줍니다. 그 연락을 받을 때까지 저는 불안해 하며 비행기를 찾으러 나갈 준비를 하고 있습니다.

나는 장난꾸러기 귀여운 아랍 아이들에게 매일 초콜릿을 줍니다. 나는 사막의 어린이들에게 인기가 좋아요. 인도의 왕비 같은 어린 여자 아이들도 있는데 키 작은 어머니처럼 군답니다. 나의 오랜 친구들이지요.

회교의 사제가 아랍어를 가르치기 위하여 매일같이 옵니다. 나는 쓰는 법을 배워요. 덕분에 어려운 고비를 약간 넘겼습니다. 나는 무어 족 추장들에게 세속적인 차를 권했어요. 그래서 추장들도 2킬로미터 거리에 있는 불귀순 지대에 있는 그들의 천막 속으로 나를 대접하려고 초대했지요. 그곳은 스페인 사람들은 아직 아무도 가 보지 못한 곳이었어요. 그리고 나는 더 멀리 가게 될 것입니다. 그들이 나를 알기 시작했기 때문에 조금도 모험은 아니에요.

나는 그들의 양탄자에 눕습니다. 그리고 뚫린 천막 사이로 가운데가 불룩 솟은 조용한 사막, 궁륭형의 대지, 태양 아래 맨발로 놀고 있는 족장의 아들, 천막에 바싹 매어 놓은 낙타를 보았어요. 그러면 신기한 기분이 들어요. 내가 멀리 있지 않고, 외롭지도 않다는, 일시적인 장난같은 기분이지요.

류마티즘은 더 악화되지는 않았어요. 출발할 때보다는 오히려 더 나아졌습니다만, 다 나으려면 꽤 시간이 걸릴 거예요.

그런데 어머니, 양자 아이들과 함께 잘 지내시나요*?
우리 모자는 세상의 인연과 멀리 떨어져 사는군요.

너무 멀리 있다보니 제가 지금 프랑스에 있다고, 아니면 가족과 가까이서 생활하며 옛친구들을 만난다고 생각하게 됩니다. 생 라파엘로 소풍을 간 것 같아요. 매월 20일에는 '카나리' 범선이 양식을 보급하러 옵니다. 아침에 창문을 열면 수평선이 하얗고 예쁜 범선 한 척으로 장식되어 있어요. 범선은 산뜻한 리넨처럼 깨끗하고, 전 사막에 옷을 입힌답니다. 범선을 보면 친근한 가정용 리넨 천이 생각납니다. 그리고 가정부 노파도 연상이 되었는데, 그분은 벽장 속에 하얀 식탁보를 가득 채우고 일생 동안 그걸 다림질했지요. 거기선 좋은 향기가 났고요. 또 범선이 가만히 흔들릴 때면 잘 손질한 브르타뉴 모자 같았습니다. 하지만 이런 즐거움은 잠깐이에요.

저는 카멜레온을 한 마리 길들였어요. 여기서는 길들이는 것이 나의 임무입니다. '길들인다'는 말이 내 마음에 드는군요. 이 말은 아름다운 말이구요. 그런데 이 카멜레온은 시대에 뒤떨어진 동물 같아요. 겉보기엔 공룡을 닮

★ 콜롱브에서의 생 텍쥐페리의 어머니의 사회 복지 사업을 의미한다.

있는데, 동작이 몹시 느립니다. 주의가 깊기는 사람과 같고, 끝없이 명상에 잠깁니다. 몇 시간 동안 꼼짝하지 않고 있어요. 카멜레온은 밤에도 저를 찾아 오는데, 그러면 우리 둘이 저녁 명상에 잠깁니다.

어머니를 사랑하는 것처럼 다정한 인사를 보냅니다. 몇 자 편지 보내 주세요.

앙트완느

1927년 12월 24일, 쥐비

어머니,

저는 잘 지내고 있어요. 생활이 단조로워 달리 이야깃거리가 풍부하지 못해요. 하지만 곧 활기를 띨 것입니다. 왜냐면 이곳의 무어 족이 다른 무어 족의 공격을 두려워하여 전쟁을 준비하고 있기 때문이에요. 성채는 온순한 사자만큼이나 거의 놀라는 일이 없습니다. 하지만 밤이면 로케트를 5분마다 발사하며 오페라 조명처럼 사막을 아름답게 비춘답니다. 결국엔 낙타 네 마리, 여자 세 명을 노략질하며 무어 족의 대대적인 시위 운동으로 끝이 나겠지요.

우리는 무어 족을 인부로 사용하고 노예도 한 명 부리고 있어요. 이 불쌍한 사람은 흑인인데 4년 전에 마라케쉬*에서 처와 자식들을 데리고 살다 잡혀왔다고 합니다. 노예는 여기서 용인되기 때문에 그는 무어 인을 위해 일하고 있어요. 무어 인은 그를 매수하여 매주 급료를 지급하고요. 너무 쇠약하여 일을 못 하게 될 때에는 죽도록 내버려두는 것이 풍습이라고 합니다. 불귀순 지대이기 때문에 스페인 군인들도 여기서는 아무것도 할 수 없습니다. 우리가 그를 몰래 비행기에 태워 아가디르로 데려올 수도 있지만, 그랬다간 모두 학살당할 거예요. 2천 프랑이면 그를 살 수 있어요. 이러한 사정에 격분하여 나에게 돈을 보낼 사람을 어머니께서 알고 계시면, 내가 그 사람을 사서 자기 부인과 자식에게로 보낼게요. 그는 불행하지만 정직한 사람입니다**.

그리고 크리스마스 날 어머니를 모시고 아게로 갈게요. 아게는 나에게 행복의 상징입니다. 가끔 거기에서 약간 권태롭기도 하지만 그건 행복이 너무 지속되기 때문이지

* 모로코의 옛 수도로서 인구 24만의 도시.
** 이 노예는 바르라는 이름으로 〈인간의 대지〉에 나온다.

아셰트(Hachette) 출판사에서 발행된
〈남방 우편기〉, 〈야간 비행〉, 〈인간의 대
지〉 문고본의 초판

요. 만일 제가 다음 주에 카사블랑카에 가게 되면—이것은 가능할 것입니다—가장 아름다운 품질의 '자이암' 양탄자를 몇 개 그 아이들에게 선물할 거예요. 그 애들은 양탄자가 필요할 것 같아요.

오늘 날씨는 침울하군요. 바다와 하늘과 사막이 혼돈됩니다. 원시적인 사막 풍경입니다. 가끔 바닷새가 시끄럽게 소리를 질러요. 사람들은 이 생명의 흔적에 놀라게 됩니다. 어제는 목욕을 했어요. 또 하역 인부의 일도 하였고요. 우리는 배 편으로 2천 킬로그램씩 소하물을 인수했어요. 그 일은 소하물을 항구의 둑 이쪽으로 가져와서 해변 위에 내려놓는 간단한 업무는 아니었어요. 나는 해군사관학교 옛 지원생답게 확신을 가지고 세척선처럼 크고 날씬한 범선을 운전했어요. 배멀미를 약간 했지만요. 우리는 거의 회전을 하였어요.

지금은 별로 필요한 것이 없어요. 내게는 분명 수도자의 기질이 있나 봅니다. 나는 무어 족들에게 차茶를 주고 그들의 집에 갔어요. 나는 글을 쓰고 있어요. 소설★을 쓰기 시작했지요. 〔……〕

★〈남방 우편기〉

오늘 저녁은 크리스마스입니다. 하지만 사막에서는 정말로 이 날에 대한 아무런 표시도 찾아볼 수 없어요. 여기서는 시간이 표시 없이 지나갑니다. 이 세상에서 인생을 보내는 방법이 이상하게 여겨지는군요.

정다운 인사를 드려요.

존경을 표하는 어머니의 아들, 앙트완느

1927년 연말, 쥐비

저는 꽤 잘 지내고 있어요. 단지 내년에는 엑스*에서 요양할 필요가 있다고 생각해요. 이것을 제외하고는 항상 파도가 높은 바다 위로 단조로운 태양이 비칩니다. 바다는 잠시도 조용하게 있지를 않습니다.

저는 독서를 조금씩 하고 책**을 쓰기로 결심했어요. 벌써 백 페이지 가량 썼는데 소설 구성에 상당히 곤란을 느끼고 있답니다. 저는 이 소설에 다른 관점의 사건들을 많이 삽입시키고 싶어요. 그리고 이 소설을 어머니가 어

---

* 대서양에 있는 섬으로 넓고 아름다운 정박장과 해수욕장이 있다.
** 〈남방 우편기〉

떻게 생각할지를 생각해 봅니다.

이후에 내가 프랑스에서 몇 개월을 보낼 수 있으면, 이 소설을 앙드레 지드나 라몽 페르낭데*에게 보여 줄 것입니다.

저는 무어 인으로 변장하여 스페인 병사들과 불귀순 지대의 지형을 살피기 시작했어요. 나는 무어 인들을 언짢게 하지 않기 위해 사냥 놀이만 이야기합니다. 나중에는 이 원칙을 확대하려고 합니다. 천천히 외교를 해야 해요. 한편으로 전에는 호의적이었던 회사 사람들의 여론이 현재는 어떨지 나는 아직 모르고 있습니다.

근방에 전쟁이 있기 때문에 최소한 한 달은 기다려야 합니다.

바다는 싫증이 나기 시작했습니다. 그래도 나는 애수에 젖어 아게와 생 모리스를 그리워하고 있어요! 그리고 언제나 온화한 프랑스도 생각하고 있어요.

어머니를 사랑하는 것처럼 정다운 인사를 보냅니다.

존경을 표하는 어머니의 아들, 앙트완느

★ 20세기 초에 활약하던 프랑스 작가. 멕시코 외교관인 아버지와 프랑스인 어머니 사이에서 자랐으며, 공산당으로 정계에 가담하기도 했다.

추신 : 카사블랑카에 도착하는 즉시 어머니에게 신년 선물로 무엇인가 보내 드릴게요.

1928년, 쥐비

어머니,

우편기 두 대가 사하라 사막 어딘가에 추락하여 실종되었습니다. 모두들 이 우편기를 수색하느라 소란스럽답니다. 그 중 한 동료는 포로가 되었어요. 나는 5일간 비행기에서 내리지 못했어요. 하지만 이것은 매우 훌륭한 일이지요. 서둘러서 다정한 인사를 보냅니다. 이제 일 개월 반 뒤에는 프랑스에 있게 될 거예요. 이렇게 짧게 몇 마디 쓴 것을 용서해 주세요. 그러나 우리는 기진맥진해 있어요.

앙트완느

1928년, 쥐비

어머니,

우리는 최근에 훌륭한 일을 하였어요. 실종된 동료들을 수색하고 추락된 비행기를 구조 하는 등등의 일이지요…… 나는 이렇게 많이 사하라 사막에 착륙한 적도, 거기서 잠을 잔 적도, 총알 날아가는 소리를 들은 적도 없어요.

나는 9월에 귀국하기를 줄곧 기대하고 있었는데 동료가 한 사람 포로가 되었습니다. 그가 위험에 처해 있으니 나도 남아 있는 것이 의무지요. 내가 무엇인가 조치를 취할 수도 있고요*. 그렇지만 가끔은 이러한 생활을 꿈꾼답니다. 식탁과 과일이 있고 보리수 밑에서 산책할 수 있는 생활, 사람을 만났을 때 서로 총질하는 대신에 상냥하게 인사하는 생활, 안개 속을 시속 2백 킬로로 달려도 실종되지 않는 생활, 가도 가도 사막 대신 하얀 조약돌 위를 걷는 생활을 말이에요.

모든 것이 너무나 까마득하게 느껴집니다!

정다운 인사를 보내면서.

앙트완느

★ 사실은 렌느와 세르, 두 비행사가 무어족의 포로가 되었다. 1928년 9월 17일, 앙트완느는 그들을 구출하려는 시도를 한다.

생 텍쥐페리와 항공우편회사의 소유주 마르셀 부이유 라퐁, 장 메르모즈(1930년 경)

1928년, 쥐비

어머니,

2개월 전부터 포로가 된 동료들이 돌아오면 나도 당연히 프랑스로 귀국할 거예요. 하지만 당장은 그들의 생사조차도 알 수 없어요. 더구나 지금은 사하라 사막이 몹시 소란합니다. 이곳 유랑 민족간에 치열한 전쟁이 벌어졌어요.*

분명히 이러한 상황은 생 모리스와 흡사하지 않지요.

나는 그다지 건강이 나쁘지는 않아요. 하지만 건강을 회복하기 위하여 빨리 엑스 레 벵**이나 닥스***로 가고 싶어요. 그리고 무엇보다 어머니와 다른 가족들을 만나고 싶어요. 나는 이렇게 고독하게 11개월을 보내며 완전히 미개인이 되고 있답니다.

진심으로 정다운 인사를 보내면서 이만 줄입니다.

아마 9월 초순은 좋아지겠지요?

앙트안느

★ 1928년 10월 19일, 앙트완느는 스페인 비행사가 부상당한 비행기를 불귀순 지대에서 구조하는 데 참여하였다.
★★ 프랑스 서남부에 있는 소도시. 온천장으로 유명하다.
★★★ 역시 온천장으로 유명한 소도시. 류마티즘 치료에 좋은 유황수가 나온다.

기관담당조수 프레보와 생 텍쥐페리 (1935)

추신 : 시몬느 누나와 디디는 나에게 편지해야만 해요.

1928년, 쥐비

어머니,

그럭저럭 지냅니다. 어머니의 편지를 받고 감동했어요.

불행히도 동료들은 여전히 포로로 있습니다. 교섭하는데 최소한 2주일이 걸리지 않을까 생각됩니다. 그러면 저는 9월 말에나 귀국하겠지요.

그래도 어머니와 가족들 곁으로 빨리 갈 수 있길 바랍니다.

어머니를 사랑하는 것처럼 다정한 인사를 보내요.

존경을 표하는 어머니의 아들, 앙트완느

1928년, 쥐비

어머니,

대리 복무자가 나와 교대하러 오다가 무어 족 지대에

서 비행기 고장으로 추락했습니다.

내가 운수가 없군요.

다른 대리 복무자는 빨라도 3주일 후에나 올 것입니다.

어머니가 무척 보고 싶고, 어머니를 포옹하고, 어머니를 기쁘게 하고 싶습니다. 끝없는 사막도 떠나고 싶습니다!

출발 날짜를 기다리는 것도 힘들군요.

어머니를 사랑하는 것처럼 정다운 인사를 보냅니다.

앙트완느

추신 : 돌아갈 때 이곳에서 얻은 것은 거의 없으나 책은 기대하여 주세요[*].

1928년 10월, 카사블랑카

어머니,

부랴부랴 몇 자 씁니다. 나는 10일 내에 귀국할 거예요.

---

[*] 1926년에 사망한 마리 마들렌 누나의 책을 말한다. 리용에 있는 라르당세 출판사에서 구독 신청을 받고 출판했다.

어머니께서는 12월 말에 5천 프랑을 받게 될 거예요.
어머니를 한없이 사랑합니다.

손가락을 다쳐 작은 상처가 생겼습니다. 상처가 림프관
염으로 진전되어 지금도 팔을 쓰거나 편지를 하기가 힘
듭니다.

하지만 이틀 후에는 편지를 할 수 있을 거예요.

정다운 인사를 무한히 보내면서,

앙트완느

1929년, 브레스트

어머니[*],

어머니의 전보를 받고 감동했습니다. 이 이상은 편지로
표현할 수 없어 원망스럽군요.

나의 작은 책자[**]에 대한 어머니의 편지는 정말 감동적
이었어요. 그래서 정말 어머니가 보고 싶어졌어요. 일 개
월 후 책이 팔리기 시작하면 우리 모자 둘이서 닥스로 가
지요. 나는 거기에 꼭 갈 필요가 있어요. 나는 무척 침울

---

[*] 앙트완느는 해상 항공 고등 강습을 받기 위하여 파리 서부 군사 도시인 브레
스트에서 체류하였다.
[**] 〈남방 우편기〉

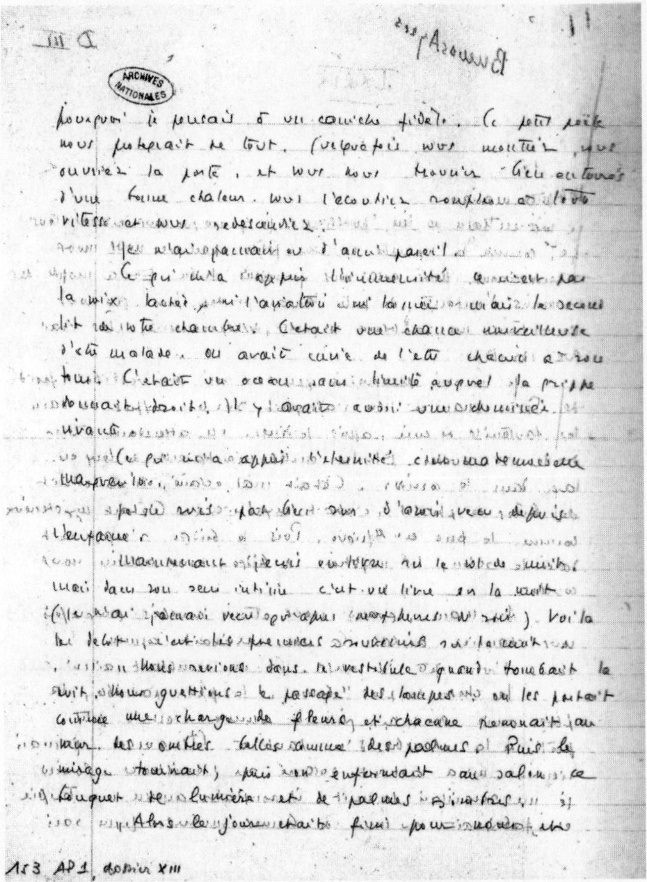

pourquoi je pensais à un caniche fidèle. Ce petit poêle
nous protégeait de tout. Quelquefois vous montiez, vous
ouvriez la porte, et vous nous trouviez bien entourés
d'une bonne chaleur. Vous l'écoutiez ronfler à toute
vitesse et vous redescendiez.
[illegible]

153 AP 1, dossier XIII

생 텍쥐페리가 어머니에게 보낸 편지 (1930)

하고 피곤해요. 그리고 다시 쓰기 시작한 작은 책도 보여 드릴게요.

브레스트는 별로 즐거운 곳은 아니지요.

만일 내 수중에 4, 5천 프랑만 있다면 지금 브레스트로 오시라고 하겠는데 말입니다. 그러나 지금으로서는 저는 빚밖에 진 게 없습니다. 책이 팔리면 돈을 번다는 것은 확실하니까 돈을 차용하고 싶습니다만 누구에게 빌리겠습니까?

그래도 한 달 안에 나는 출발할 거예요.

또한 생 모리스에 가서 옛날 우리 집도 보고, 내 보물상자도 보고 싶어요. 사실 저는 소설 속에서 생 모리스를 무척 생각했답니다.

어머니, 어떻게 내가 어머니의 편지를 귀찮아하겠습니까! 편지를 받는 것만으로도 이렇게 가슴이 두근거리는데요.

사람들이 내 소설을 어떻게 평가하는지 나에게 편지로 말씀해 주세요.

그러나 제발 제 책을 X씨나 Y씨, 그리고 다른 바보들에게는 보여주지 마세요. 제 책을 이해하기 위해서는 최소한 지로두*를 이해해야 합니다.

정다운 인사를 보내면서,

앙트완느

추신 : 어머니께서 알려 주신 비평은 얼빠진 것입니다. 그
러나 좋은 평도 있었어요. 더구나 진지한 서평을 받기 위해
서는 3개월은 기다려야 하지요.

1929년, 브레스트

어머니,

어머니는 너무 겸손하십니다. 《아르귀스 드 프레스》 지
에서 어머니에 대해 보도하고 있는 모든 신문을 나에게
보내 왔어요. 유명하신 우리 어머니, 리용 시청에서 어머
니한테 그림을 샀다니 대단히 기쁩니다[**].

우리는 얼마나 훌륭한 집안입니까!

사랑하는 어머니, 어머니 아들과 자신이 조금이라도 만

---

[*] 프랑스 극작가이며 소설가. 2차대전중 정보상과 외교관 생활을 하면서 음악과
회화에서 영향을 받은 인상주의를 문학에 옮기고자 시도하였다.

[**] 리용 시청에서 생 텍쥐페리 어머니로부터 그림 세 폭을 샀다. 앙트완느가 말
하는 그림은 〈생 모리스 드레망의 공원〉이다.

족스러우시겠지요! 3주일 후에 어머니를 만나게 되겠지요.

그럼 무척 기쁠 것입니다.

저명한 평론가 에드몽 잘루의 기사를 읽어 보셨습니까?

만일 다른 의견을 가지고 계시면 나에게 말씀해 주세요.

어머니를 사랑하는 것처럼 진심으로 다정한 인사를 보냅니다.

존경을 표하는 어머니의 아들, 앙트완느

1929년, 샤르괴르 호 선상에서

어머니[*],

저는 배를 탔습니다. 근사한 여행이 될 거예요.

출발하고부터는 눈 깜짝할 시간도 없으며 몹시 지쳐서 쉬고 싶은 생각밖에 없었습니다. 마침내 바로 생각하던 대로입니다.

갈리마르 출판사에서는 내 소설에 무척 만족하며, 책의

---

[*] 앙트완느는 1929년 10월 12일 부에노스 아이레스에 도착 예정인 배를 탔다. 그는 항공우편회사의 지부인 '아르헨티나 항공우편기' 기장으로 임명되었다.

교정쇄를 항공 편으로 보내와 즉시 봐 주기를 원하고 있습니다.

나에게 작별 인사를 하러 온 이본느 이모는 문단에서 모두 내 소설에 대하여 말하고 있다고 하더군요.

스페인의 빌바오에 착륙해서 보낼 장황한 편지를 어머니는(3, 4일 내에) 받게 될 것입니다. 〔……〕

무척 다정하게 정다운 인사를 드립니다. 이것은 작별 편지가 아니에요. 이 편지는 빌바오에 가기 전에 나의 모든 애정을, 어머니가 잘 알고 계시는 무척 깊은 애정을 전하기 위하여 간단히 적은 편지입니다.

마드 이모와 할머니에게 다정한 인사를 전해 주세요

디디에게도 정다운 인사를 전해 주세요.

앙트완느

1929년, 샤르괴르 호 선상에서

어머니,

무척 평온한 여행을 하고 있어요. 여자아이들과 수수께끼를 하고, 변장도 하고, 즐거운 이야기를 생각해 내기도 했습니다. 어제는 술래잡기와 고양이 타기 놀이를 했어요. 나는 다시 15세 소년으로 돌아갔답니다.

바다 위에 있다고 생각하려면 많은 상상력이 필요합니다. 잔잔한 바다는 아무 소리도 나지 않거든요. 머리 위에서 끝없이 돌아가는 큰 통풍기의 바람 소리도 거의 들리지 않아요.

날씨가 더워지기 시작했어요. 우리는 다카르에 5시간 동안 기항합니다. 옛 추억이 떠오르는군요. 내 편지는 항공편으로 삼사일 후에 도착할 거예요.

어머니, 세상이 얼마나 좁습니까. 다카르에 있어도 아직 프랑스에 있는 듯합니다. 아마 내가 바위마다, 나무마다, 모래 언덕마다, 툴루즈에서 세네갈까지 가는 거리를 모두 알고 있기 때문입니다. 길 위의 돌 하나도 내가 모르는 것이라곤 없습니다.

일행과 방금 다카르 항구에 도착해 어머니의 편지를 받았습니다. 편지를 읽고 감동받았어요. 그러고 어머니께서 어떻게 그렇게 좋은 착상을 했는지 궁금했습니다. 어머니는 창의력이 풍부한 분이세요.

나는 아직 침울하지도 않고, 우리가 멀리 떨어져 있지도 않다고 느낍니다. 여행하고 있다는 실감조차 나지 않

라테28기 앞에서 앙리 기요메와 생 텍쥐페리(1930)

아요. 여기는 아무런 움직임도 소리도 없답니다. 아주머니들이 둥글게 둘러 앉은 휴계실에서 수수께끼 놀이가 펼쳐집니다! 모든 것이 전혀 이국적이지 않고 식민지에서 벌어지는 일 같지도 않지요. 다카르의 덥고 답답한 바람을 제외하고는 말입니다. 하지만 바람이 없으면 생 모리스의 어느 날로 착각할 것입니다.

오는 도중에 날치와 상어를 보았어요. 소녀들이 작게 소리를 질렀지요. 그때부터 사람들은 생선이란 단어로 수수께끼를 하거나 상어를 그리거나 했습니다.

나는 배에서 내려 우체국으로 가 이 편지를 붙이려고 합니다. 어머니께 무척 다정한 인사를 보냅니다. 〔……〕

어머니는 머지 않아 남미로부터 편지를 받게 될 것입니다. 어머니, 세상이 무척 좁아요. 우리는 결코 멀리 있지 않아요.

어머니를 사랑하는만큼 정다운 인사를 드립니다.

앙트완느

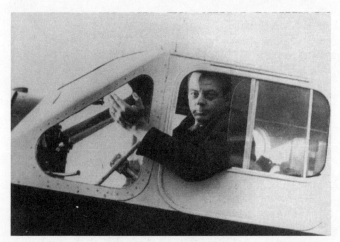

시문 F-ANRY기에 오른 생 텍쥐페리(1935)

1929년 10월 25일, 부에노스아이레스 황제 호텔

어머니,

내가 할 일이 무엇인지 방금 알았어요.

나는 아에로포스탈 자회사인 '아르헨티나 우편 항공'
의 노선 개척 책임자로 임명되었어요(연봉은 약 22만 5천 프랑
입니다). 어머니께서는 만족하실 것으로 생각합니다. 하지
만 나는 약간 마음이 괴롭군요. 나는 과거의 생활이 더 좋
아요.

이 일이 나를 늙게 할 것 같아요. 나는 여전히 비행을
하겠지만, 신노선을 탐사하고 정찰하기 위해서입니다.

오늘 저녁에 나는 비로소 조건에 대해 알게 되었고, 그
전에도 편지도 별로 쓰고 싶지 않았어요. 반시간 내에 항
공 우편기를 배치해야 하기 때문에 시간이 꽉 짜여 있습
니다.

나의 편지 주소(황제 호텔)로 편지하시고 회사로는 하지
마세요. 내가 아파트를 얻으면 거기로 편지해 주세요.

부에노스아이레스는 매력도 없고, 자원도 없고, 아무것
도 없는 불쾌한 느낌이 드는 도시입니다.

나는 월요일에는 칠레의 산티아고로 며칠 갈 거예요.

리비아 사막에 추락한 생 텍쥐페리 (1935)

토요일에는 파타고니아* 지방의 코모도로 리바다비아**
에 갈 거고요.

내일 배편으로 장황한 편지를 보낼게요.

내가 어머니를 사랑하는 것처럼 다정한 인사를 드리면서,

앙트완느

1929년 11월 20일, 부에노스아이레스

어머니,

인생이 상송처럼 단조롭고 조용하게 흘러갑니다. 나는
금주에 파타고니아의 코모도로 리바다비아와 파라과이
의 아선시옹에 갔어요. 이것을 제외하고는 조용한 생활을
하고 있으며 아르헨티나 우편기를 현명하게 관리하고 있
답니다.

어머니를 생각하면 지금 나의 지위가 얼마나 만족스러
운지 모릅니다. 이것은 어머니의 교육에 대한 훌륭한 보
답이지요? 사람들은 그런 교육에 대해 어머니를 무척 비

★ 아르헨티나 남부의 수목이 없는 한랭건조 지방.
★★ 인구 2만 5천명의 소도시로 석유가 유명하다.

생 텍쥐페리(1938)

난하였습니다.

29세에 큰 회사의 책임자가 된다는 것은 괜찮습니다. 그렇지요?

나는 가구를 갖추고 있는 조그마하고 훌륭한 아파트를 하나 얻었어요. 주소는 다음과 같습니다. 항상 이리로 편지해 주세요.

부에노스아이레스, 아파트 605, 플로리다 동, 갈러리아 고엠스, 생 텍쥐페리.

나는 인상이 좋은 빌모렝 형제의 친구들(형제 둘은 남미에 살고 있어요)을 사귀고 있어요. 분명 음악과 독서를 좋아하는 다른 친구들도 만나게 될 거예요. 그들은 사하라 사막의 내 고독을 위로할 것입니다. 부에노스아이레스에는 역시 다른 종류의 사막이 있지요.

어머니가 너무나 다정한 편지를 해 주셨기 때문에 나는 아직도 감동하고 있습니다. 이곳에서 어머니를 몹시 모시고 싶어요. 몇 달 후에는 아마 가능하겠지요? 그러나 무척 답답한 이 도시 부에노스아이레스가 어머니에게는 염려됩니다. 아르헨티나에 시골이 없다는 것을 생각해 보세요. 아무것도 없습니다. 도시에서 빠져 나갈 곳도 없어요. 도시 밖에는 가운데 막사 한 채, 쇠로 만든 물레방아 하나,

나무도 없는 사각형의 들판이 있을 뿐입니다. 비행기를 타고 수백 킬로미터를 비행하는 동안 이것밖에 보이지 않아요. 그림을 그릴 수도, 산책을 할 수도 없습니다.

나는 또한 무척 결혼을 하고 싶어요.

모노 누나는 어떻게 지내나요? 모든 사람들의 소식을 알려주세요. 그리고 사람들은 나의 직장을 어떻게 생각합니까? 나의 소설에 대해서는요?

어머니를 사랑하는 것처럼 정다운 인사를 보냅니다.

앙트완느

1930년, 부에노스아이레스

어머니, 어머니는 다음 주에 전보로 7천 프랑을 받으실 거예요. 그 중 5천 프랑은 마르샹 씨에게 갚는 돈이고 2천 프랑은 어머니께 드리는 돈이에요. 그리고 11월 말부터는 전에 말씀드린 2천 프랑 대신 3천 프랑을 매월 송금할게요.

나는 무척 곰곰이 생각했어요. 어머니가 겨울에 라바트에 가셔서 그림을 그렸으면 좋겠어요. 라바트는 반할 만한 나라에요. 어머니도 거기서 무척 기뻐하실 테고 흥미로운 작품들도 많이 그리실 수 있을 거예요.

여비와 생활비로 3천 프랑을 보내 드릴게요. 어머니도 무척 즐거울 거예요. 다만 거기서 어머니에게 필요한 것들을 보살펴 드리기에는 제가 너무 멀리 떨어져 있습니다. 오브네 가족이나 라바트에 있는 친구, 다른 누구에게 편지할 수 있나요? 거기서 어머니가 그다지 외롭지 않길 바랍니다. 완전히 행복할 것이고, 무척 재미있을 것입니다. 두 달 후에는 꽃도 만발할 것입니다.

또 그림을 그리기 위해 말라케쉬를 약간 둘러볼 수도 있어요. 그러나 내 생각에는 라바트가 어머니에게 좋을 거예요.

여하튼 카사블랑카를 권하고 싶지는 않습니다. 무척 험상궂은 나라니까요. 그러나 나는 산보를 했습니다. 나는 일전에 남쪽 파타고니아*를 보러 가기도 했습니다. 거기서 우리는 수천 마리의 바다표범 떼를 구경했어요. 우리는 새끼를 한 마리 잡아서 비행기로 싣고 왔어요. 이곳 남쪽이 추운 지방이거든요. 남쪽으로 가면 갈수록 더욱더

★ 코모도로-리바다비아 유전.

아게에서 결혼식을 올린 생 텍쥐페리와 콘수엘로(1931)

춥습니다. 지금은 여름이 시작되어 덥습니다.

어머니, 다정한 인사를 보내면서

앙트완느

1930년 1월, 부에노스아이레스

어머니,

〈무미건조한 응답〉[*]을 읽고 있는 중입니다. 〈충실한 님
프〉[**]처럼 우리는 모두 이 책을 좋아할 것입니다.

우리는 공감할 수 있기 때문입니다. 우리 역시 한 동아
리를 이루며 사니까요. 〔……〕

왜 오늘 저녁에 생 모리스의 싸늘한 현관이 생각나는
지 모르겠군요. 우리는 저녁 식사를 끝내면 잠자러 갈 시
간을 기다리며 큰 궤짝이나 가죽 소파에 앉았지요. 복도
에는 외삼촌들이 이리저리 걸어 다녔어요. 불빛은 어두웠
고, 말소리가 토막토막 들렸어요. 아프리카 대륙의 깊은
한복판처럼 신비로웠습니다. 응접실에서도 브리지 게임

[*] 1927년 영국의 소설가 로사먼드 레이먼이 24세인 발표한 작품.
[**] 1926년 영국 소설가 마가레트 케네디가 발표한 작품.

생 텍쥐페리가 어머니와 가족들에게 보낸 편지(1944)

이 벌어졌습니다.

이것도 신비로웠지요. 그리고 우리는 잠을 자러 갔어요.

르망에서는 우리가 잠자리에 들면 어머니는 가끔 아래 층에서 노래를 부르셨지요. 우리에게는 그 소리가 마치 축제 음악이 메아리치는 것처럼 들렸습니다. 저에게 정말 그렇게 들렸어요. 그리고 생 모리스 2층 방에 있던 작은 난로야말로 이제껏 내가 알고 있는 것 중에서 가장 좋고 평온하고 정다운 것입니다. 무엇도 나를 그렇게 안심시 켜 주는 것이 없었어요. 밤에 잠에서 깨면 난로는 팽이처 럼 붕붕 소리를 내며 벽에 멋진 그림자를 비추었습니다. 나는 이유는 모르지만 그걸 보며 말 잘 듣는 복슬강아지 를 떠올렸어요. 그 작은 난로가 모든 것으로부터 우리를 지켜주었어요. 어머니는 가끔 올라오셔서 문을 열고 우리 주변이 따뜻한지 보셨지요. 어머니는 난로가 빠르게 붕붕 거리는 것을 들으시고 다시 내려갔습니다.

나는 한 번도 이와 같은 친구를 가진 적이 없습니다.

나에게 방대함을 가르친 것은 은하수도, 비행도, 바다 도 아닌 어머니 방의 보조 침대입니다. 아프기라도 하면 굉장히 운이 좋았지요. 우리는 차례차례 아팠으면 했어요. 그 방은 유행성 감기나 걸려야 들어갈 수 있는 끝없는 바

쥐비 곶을 통치하는 페나 대령과 생 텍쥐페리

다와 같았습니다. 거기에는 살아 있는 난로도 있었지요.

또 나에게 영원함에 대하여 가르쳐주신 분은 바로 마그리트 양*입니다.

어린 시절 이후로는 내가 진짜 살아 있다는 확신을 갖지 못했어요.

저는 지금 〈야간 비행〉**에 대해 쓰고 있습니다. 참다운 의미에서 이것은 밤에 대한 책입니다(나는 오후 9시 이후에만 생활을 해왔으니까요).

다음과 같은 서두가 바로 밤에 대한 첫번째 추억입니다.

"밤이 되면 우리는 현관에서 공상에 잠긴다. 우리는 전등이 지나가는 것을 지켜본다. 사람들은 마치 꽃송이를 가지고 다니듯 전등을 가지고 다니고, 종려나무 가지와 같은 아름다운 그림자가 벽에 흔들린다. 그러고 신기루는 사라진다. 우리는 빛의 꽃다발과 까만 종려나무 가지를 응접실에 넣어둔다."

"우리의 하루는 끝났다. 어른들은 다음날로 떠나는 아기 침대에 우리를 넣는다."

"어머니, 어머니는 천사들처럼 막 떠나는 우리 위로 몸을 기울

★ 앙트완느의 여자 가정교사.
★ 〈야간비행〉은 1931년 발표되었으며 〈페미나〉상을 수상했다.

이고, 우리의 여행이 평온하도록, 아무것도 우리 꿈자리를 어지럽
히지 않도록 시트의 주름과 그늘을, 파도를 없애주신다……."

"신성한 손길이 바다를 진정시키듯 어머니는 침대를 평온하게
한다."

그 다음에는 비행기가 보호받지 못한 채 밤을 통과하
는 것입니다.

제가 어머니에게 얼마나 감사하는지, 어머니가 제게 어
떠한 추억을 심어 주었는지 어머니는 모르실 것입니다.
나는 겉으로는 아무것도 느끼지 않는 것같이 보이지만
단지 표현을 몹시 자제했던 것입니다.

나는 거의 편지를 쓰지 못하지만 이것은 나의 잘못이
아니에요. 나는 시간의 절반은 꿀먹은 벙어리 노릇을 합
니다. 이것이 항상 나에게는 어찌할 수 없는 것이지요. 얼
마 전에 낮 동안 2천5백 킬로미터를 비행하는 훌륭한 장
거리 지속력 시험을 마쳤어요. 태양이 밤 10시에 지는 마
젤란 해협* 부근 최남단에서 돌아오는 일이었지요. 그곳
은 온통 초록색에 도시가 잔디밭 위에 세워졌더군요. 이

★ 남미 대륙 최남단에 있는 해협.

신기한 도시는 지붕을 골이 진 함석으로 얹었었고요. 추워서 모닥불가에 옹기종기 모여 있는 사람들은 무척 친근해 보였습니다.

그리고 바다 속에서 태양이 물드는 것은 매우 보기 좋았습니다.

이번 달에는 3천 프랑 송금해 드려요. 내 생각에 이 돈으로 될 것 같습니다. 어머니는 돈을 10일이나 15일 경에 받게 될 거예요. 〔……〕 모두 1만 프랑을 송금했습니다(그래서 1만 3천 프랑이 될 것입니다).

하지만 어머니께서 받으셨는지 전혀 모르겠군요. 그리고 이것이 어머니를 기쁘게 하는지도 모르겠구요. 무척 궁금하답니다.

다정한 인사를 보내며, 앙트완느

1930년 7월 25일, 부에노스아이레스

어머니,

〔……〕 나는 탈 없이 지내고 있어요. 대형 영화의 시나리오를 쓰기 시작했어요. 언젠가 상영할 수 있기를 바랍

니다*. 어머니께 남미의 기념품으로 갖다 드리기 위해 짧은 영화 필름도 하나 샀답니다.

  최근에는 칠레의 산티아고에 가서 프랑스 친구들을 만났어요. 얼마나 아름다운 나라이며 또 안데스 산맥은 얼마나 장엄한지! 나는 눈보라가 섞인 태풍이 이는 고도 6천5백 미터까지 올라갔어요. 모든 산봉우리가 화산처럼 눈을 뿜고, 산맥 전체가 끓어 오르는것 같았답니다. 꼭대기가 7천 2백 미터, 폭이 2백 킬로미터에 이르는 그 산맥은 얼마나 아름다운지(초라한 몽블랑 산이여!). 물론 요새처럼 쉽게 접근할 수도 없고, 겨울(우리는 불행히도 아직 겨울일 때 갔어요)에 비행기 상공에서 보자면 굉장히 고독하기도 합니다.

  이곳에서 좋은 친구들을 몇 사람씩 알게 되었어요. 하지만 프랑스에서 너무나 멀리 떨어져 있다는 생각에 가끔 우울해집니다. 하지만 프랑스에서만 있었다면 느끼지 못했을 거예요.

  어머니, 항공 편으로 편지해 주세요. 나는 사람들의 소식을 전혀 모르고 있어요.

★ 앙트완느는 〈안느 마리〉라는 영화 시나리오를 쓰기 시작했다.

다정한 인사를 드리면서,

앙트완느

1936년 1월 3일, 카이로

어머니[*],

어머니의 짧지만 의미심장한 편지를 읽으면서 나는 울었어요. 나는 사막에서 어머니를 목메어 불렀답니다. 사람들이 떠나고 침묵하는 것에 분노가 치밀어 어머니를 불렀어요.

콘수엘로처럼 어머니를 필요로 하는 사람을 등 뒤에 내버려두는 것은 끔찍한 일이지요. 보호를 받고 안식처를 구하기 위해 어머니의 품안으로 돌아가야 할 필요를 나는 무한히 느낍니다.

그런 어머니의 의무를 가로막는 사막을 나는 손톱으로 파헤쳤습니다. 그런데 사람이 산을 옮겨 놓을 수 있을까요. 하지만 내가 필요한 것은 바로 어머니입니다. 내가 보

[*] 앙트완느는 코드롱 시문 비행기로 기사 프레보와 파리-사이공간 장거리 지속력 시험을 했다.

호를 받고 의지할 분도 바로 어머니입니다. 나는 어린 양
羊처럼 이기적으로 어머니를 불렀습니다.

내가 돌아온건 조금은 콘수엘로의 존재도 있었으나 진
정 저를 돌아올 수 있게 한건 바로 어머니였습니다. 몹시
연약하신 어머니, 그러나 제게는 수호 천사와 같은 어머
니, 현명하고 유능하며 은총으로 가득찬 당신께 제가 밤
중에 홀로 기도하는 것을 아시나요?

앙트완느

1939년, 오르콩트

어머니*,
〔……〕 저는 호감이 가는 한 농가에서 아이 셋, 할아버
지 두 분, 숙모들, 숙부들과 지내고 있어요. 가족들은 큰
장작불을 피우는데, 그러면 비행하는 동안 얼어있던 몸이
따뜻해집니다. 영하 50도의 추위 속에서 1만 미터나 비행
을 하거든요. 하지만 옷을 많이 입어서(옷 무게만 30킬로그램

★ 앙트완느는 2-33 정찰 부대에 배속되어 파리 동남부 소도시 오르콩트에서 야
  영하고 있었다.

은 돼요!) 그다지 힘들지는 않아요.

이상하게 전쟁이 길어지는군요. 우리는 여전히 일을 하지만 보병대 일입니다. 피에르 다게는 무조건 포도를 가꾸고 암소를 돌보아야 해요.

이런 일이 건널목을 지키거나 후방 수비대 하사가 되는 것보다 훨씬 더 중요하지요.

산업이 다시 부흥하도록 군에서도 군인을 많이 제대시키는 것 같습니다. 사람들이 여기서 숨 막혀 죽는다고 달라지는 건 없으니까요.

디디에게 가끔 편지해 달라고 전해 주세요. 2주일 내 어머니를 만나기를 기대합니다. 그 생각을 하니 무척 기쁩니다!

어머니의 아들, 앙트완느

1940년, 오르콩트

어머니,

어머니에게 보낸 편지를 분실하였다니 마음이 슬픕니다. 심하게 병을 앓았답니다(확실한 이유도 없이 열이 무척 높았어요).

지금은 다 나았고 귀대하여 동료들도 다시 만났습니다.

분명히 어머니에게 편지를 보내었고, 병 때문에 힘들기까지 했으니 침묵 아닌 침묵을 섭섭히 생각하시면 안 됩니다. 내가 얼마나 다정하게 어머니를 사랑하고, 얼마나 마음속으로 어머니를 생각하는지, 얼마나 어머니를 염려하는지 아시면 좋으련만. 제가 무엇보다 바라는 것도 우리 가족이 편안한 것입니다.

어머니, 전쟁의 위험과 위협이 심해질수록 내가 책임져야 하는 가족에 대한 걱정이 마음속에 커집니다. 혼자 내버려둔 가련한 콘수엘로*에게 무한한 동정심이 생깁니다……
어머니, 만일 나의 처가 언젠가 남프랑스로 피난을 가면, 저를 사랑하는 것처럼 친딸처럼 그녀를 맞이해 주세요.

어머니, 편지가 책망으로 가득찬 것을 보고 무척 괴로웠습니다. 제가 바라는 것은 어머니의 부드러운 편지밖에 없어요.

그곳에선 무엇이 필요한가요? 어머니를 위해 할 수 있는 것이라면 모두 하고 싶어요.

어머니를 끝없이 사랑하는만큼 다정한 인사를 드립니다.

* 앙트완느는 부에노스 아이레스에서 알게 된 콘수엘로 쉥셍과 아게에서 결혼하였다.

추신 : 주소는 2 - 33 항공대대, 우편번호 897입니다.

1940년, 오르콩트

사랑하는 어머니,

아직 내려지지 않은 폭격 명령을 기다리며 무릎 위에 편지를 올려놓고 쓰고 있어요. 나는 어머니를 생각하고 있어요. 〔……〕 내가 항상 걱정하는 것도 어머니 때문입니다.

편지를 한 통도 받지 못했습니다. 그 편지들은 대체 어디로 가는 걸까요? 그런 생각을 하니 좀 괴롭습니다. 계속되는 이탈리아의 위협으로 어머니가 위험에 처하는 것도 고통스러워요. 몹시 괴롭답니다. 사랑하는 어머니, 제겐 어머니의 애정이 몹시 필요합니다. 내가 세상에서 사랑하는 모든 것이 어째서 위협받아야 합니까?

내게 정말 두려운 것은 전쟁이 아닌 내일의 세계입니다. 파괴된 마을, 헤어진 가족들입니다. 죽느냐 사느냐는 문제가 되지 않아요. 다만 정신적인 유대가 침범당하는 것을 원치 않습니다. 나는 우리 모두가 하얀 식탁 주위에 모이길 원하고 있어요.

내 생활의 대단한 일은 어머니에게 말하지 않았지요. 사실 말씀드릴 대수로운 일도 없습니다. 위험한 사명, 식사, 수면 따위이니까요.

나는 별로 만족스럽지 못합니다. 정신을 단련할 다른 방법이 필요해요. 우리 시대의 관심사도 제겐 만족스럽지 않고, 위험을 감수하고 견뎌내도 내 마음의 무거운 양심을 달래기에는 충분하지 못해요.

유년 시절의 추억만이 제게 상쾌한 샘이 되어 줍니다. 바로 성탄절 전야의 촛불 냄새지요. 오늘날 영혼은 이토록 황량하고 사람들은 갈증으로 괴로워합니다.

나는 시간적 여유가 있지만 아직은 책을 쓸 수 없어요. 소설이 마음속에서 성숙하지 않았어요.

하지만 그 책은 '갈증을 해소시키는' 책이 될 것입니다. 또 편지 드릴게요. 진심으로 다정한 인사를 보냅니다.

어머니의 앙트완느

1940년 6월, 보르도

사랑하는 어머니[*],

우리는 알제리를 향해 이륙했습니다. 어머니를 사랑하는 것처럼 정다운 인사를 드립니다. 편지를 할 수 없으니 연락은 기다리지 마세요. 내 사랑을 생각해 주세요.

앙트완느

1943년, 라 마르사

어머니[**],

방금 비행기 한 대가 프랑스로 출발한다는 사실을 알았습니다. 처음으로 단 한 대가 간답니다. 디디, 피에르, 그리고 어머니를 힘껏 품에 안기를 기대합니다. 틀림없이 어머니를 조만간 만나게 될 것입니다.

[*] 앙트완느는 1940년 6월 20일, 미완성의 4발 전투기 파르망을 타고 지상 근무자와 물자를 싣고 보르도에서 알제리로 비행했다.
[**] 앙트완느는 미 제7군 항공 부대 중대장으로 배속되었으며 그 부대의 기자가 튀니스 근방의 라 마르사에 있었다. 이 편지는 비밀리에 생 텍쥐페리의 어머니에게 전달됐다.

1943년

어머니*, 디디, 피에르 자형, 내가 진심으로 사랑하는 여러분! 모두들 어떻게 되었나요? 어떻게 지내고 또 생각하나요? 이번 겨울은 너무나 서글픕니다.

늙으신 어머니, 정다운 어머니, 어머니의 품으로 곧 돌아가기를 희망합니다. 벽난로 불 옆에서 내가 생각하는 것을 모두 어머니께 말하고, 가능한 한 덜 반박하면서 어머니와 이야기하고 싶습니다. 인생 만사에 옳은 견해를 가진 어머니께서 말하는 것을 듣고 싶습니다.

어머니, 나는 어머니를 사랑합니다.

앙트완느

★ 이 편지는 알자스 지방의 레지스탕스 운동의 지도자들 중의 한 사람인 딩글레 씨의 주선으로 생 텍쥐페리 어머니에게 전달되었다.

1944년 7월, 보르고

어머니*,

저에 대해 어머니를 안심시켜 드리고 싶습니다. 이 편지도 꼭 전달되길 바랍니다. 저는 잘 지내고 있어요. 완전히 잘 지내고 있답니다. 다만 이렇게 오래 어머니를 만나지 못한 것이 슬픕니다. 사랑하는 늙으신 어머니, 어머니가 걱정스럽습니다. 이 얼마나 불행한 시대인지.

디디가 집을 잃었다니 가슴이 아프군요. 아, 내가 어떻게 디디를 도울 수 있을까요? 그리고 디디는 나를 믿고 있지요. 사랑하는 사람에게 사랑한다고 말하는 것이 언제나 가능할까요?

어머니, 내가 어머니를 사랑하는 만큼 정다운 인사를 보내 주세요.

앙트완느

★ 앙트완느는 2-33비행 중대에 자신의 요청으로 다시 배속되어, 코르시카 섬 바스티아 부근 보르고에서 야영했다. 1943년 6월 25일 그는 비행 중대장으로 진급되었다. 어머니에게 보낸 마지막 편지는 실종된 지 1년 후인 1945년 7월에 전달되었다.

16, Rue Moyenne, 16

Rendez-vous de MM. les Voyageurs
et Négociants

Mon cher Jean

Je t'écris de Bourges. C'est une bien jolie ville. Les habitants
s'appellent des Bourgeois. Quand il sont petits, des bourgeons.

(chien)

Ci dessus une vue de la ville.
Il y a une autre rue très curieuse →
et des cafés où on...

Symbole des cafés de Bourges :

le client
annuel vient
de sortir.

Promenades.

Lettre a un Otage

어느 인질에게 보내는 글

Mon joli pont

C'était un vieux pont branlant
Sur les rives de ma rivière
Il était tout couvert de lierre,
Et de jolis jeux de lumière
Embellissaient son bois branlant

Il n'était pas splendide et beau
Mon joli petit pont rustique,
Il n'était pas bien artistique,
Mais quelque chose de Mystique
Se faisait rayonner par l'eau

Quelquefois un joli pinson
Venait se poser à son ombre,
Et des fauvettes un grand nombre
Venaient chanter sous son feuillage
En n'importe quelle saison

Il devait avoir bien des ans
Le joli pont aux reflets roses
Tout les douces teintes moroses
Faisaient songer à bien des choses
Tous les jours à tous les couchants

1

　1940년 12월, 내가 미국으로 건너가기 위해 포르투갈을 경유할 때, 리스본을 맑고 쓸쓸한 일종의 낙원처럼 생각했다. 그때 거기에서는 많은 사람들이 곧 침략해 올 것이라는 소문이 화제였다. 그러나 포르투갈은 자기 행복의 환상에 매달렸다.

　이 세상에서 가장 훌륭한 전시장을 꾸며 놓은 리스본이지만 약간 침울한 미소를 띠고 있었다. 마치 전쟁에 나간 아들의 소식이 끊어지긴 했지만, "내가 이렇게 웃고 있기 때문에 내 아들은 살아 있을 거야……"라고 말하며 신념을 가지고 아들을 구하려고 애쓰는 어머니들의 미소처럼 침울했다.

"내가 얼마나 행복하고 평화스러우며 명랑한지 보시오……"라고 리스본은 말하고 있었다. 유럽 전체가 노략질하는 야만족이 득실거리는 미개한 산악 지대처럼 포르투갈을 억압했다. 그러나 화려한 리스본은 유럽에 도전하고 있었다. "나는 내 자신을 속이지 않으려고 이렇게까지 노력하고 있는데, 누가 나를 공격할 수 있을까! 내가 이처럼 방어 준비가 잘 안 되어 있는데도……."

밤이 되면 프랑스에서는 도시가 잿빛이 되고 만다. 나는 프랑스에서의 모든 불빛에 익숙하지 않았었다. 그래서 나는 빛나는 이 수도를 보고 막연한 불안감을 느꼈다. 주위 근교가 어두어지면 너무 밝은 진열장의 금강석을 보고 어슬렁거리는 도둑들이 모여들었다. 그들이 돌아다니는 것을 느끼게 된다. 마치 그들이 멀리서 보물 냄새를 맡기나 한 것처럼, 떼를 지어 방황하는 폭격기들이 돌아다니는 유럽의 밤이 리스본을 억압하고 있다고 나는 생각했었다.

그러나 포르투갈은 괴물의 탐욕을 모르고 있었다. 포르투갈은 나쁜 징조를 믿으려고 하지 않았다. 포르투갈은 절망적인 확신을 가지고 예술에 대해 이야기하고 있었다.

예술을 숭상하는 포르투갈을 사람들이 감히 짓밟겠는가?
포르투갈은 놀랄 만한 모든 예술품을 내놓았다. 이러한
예술품 속에 있는 것을 감히 짓밟을 수 있겠는가? 포르투
갈은 위대한 사람들을 내놓았다. 군대가 없고 대포가 없
으므로 포르투갈은 시인, 탐험가, 정복자 등 모든 보초들
을 침략자의 쇳덩어리 무기 앞에 내세웠다. 군대와 대포
가 없기 때문에 포르투갈의 과거 전체를 통하여 길을 가
로막았다. 위대한 과거의 유산을 가진 포르투갈을 감히
짓밟을 수 있겠는가?

이리하여 나는 매일 저녁 취미가 극도로 고상한 전시
장의 성공 작품들 사이를 우울하게 돌아다니는 것이었
다. 그 전시장에는 그토록 솜씨 있게 선택된 작품들이 진
열되었고, 소박한 샘물의 노래 소리처럼 정원 위를 은은
하게 흘러가는 조용한 음악에 이르기까지 모든 것이 완
전에 가까운 것들이었다. 어떻게 세상에서 기묘한 운치(韻
致)에 대한 취미를 말살할 것인가?

그런데 나는 활짝 웃고 있는 리스본이 프랑스의 침울
한 도시들보다도 더 처량하게 생각되었다.

아마 그대들도 알고 있겠지만, 그들의 식탁에 죽은 사
람의 자리를 그대로 남겨 놓은 좀 이상한 집안을 나는 알

고 있다. 그 집안에서는 회복할 수 없는 일은 부정한다. 그러나 이 도전이 위안을 주는 것 같지는 않았다. 죽은 사람은 죽은 사람으로 생각해야 할 것이다. 그러므로 사자(死者)들은 그들의 역할에서 다른 존재 형태를 발견한다. 그런데 이 가족들은 사자들의 귀환을 중단시키고 있었다. 이 가족들은 사자들을 영원한 부재자로 만들고 늦어서 영원히 오지 못하는 식사 손님으로 만들었다. 가족들은 상복(喪服)을 알맹이 없는 기다림과 바꾸는 것이었다. 그래서 이 집들이 슬픔과 다름없이 가슴을 막히게 하는 가차없는 불안 속에 빠지는 것 같았다. 내가 마지막으로 잃은 친구이며 항공 우편기에 복무하다가 순직한 기요메의 상복을 입을 것을 나는 수락했다. 기요메는 다시 오지 않을 것이다. 그는 영원히 존재하는 것은 아니겠지만 영원히 부재하는 것도 아닐 것이다. 나는 쓸데없는 함정인 그의 식기를 나의 식탁에서 치워 버렸다. 그래서 나는 그를 정말로 죽은 친구로 만들었다. 그러나 포르투갈은 그의 식기와 그의 램프등과 그의 음악을 남겨 둠으로써 행복을 믿으려고 하였다. 리스본에서는 신이 행복을 믿도록 하기 위해서 행복으로 장난을 하고 있었다.

리스본에 약간의 피난민이 와 있기 때문에 역시 슬픈

분위기를 만들었다. 나는 안식처를 찾아온 추방자들에 대해서 말하는 것은 아니다. 나는 자기들의 노동으로 기름지게 가꿀 땅을 구하러 온 이민자들에 대해서 말하는 것도 아니다. 나는 자기들의 돈을 안전한 곳에 예치시키기 위해서 동족들의 비참을 모르는 체하고 고국을 떠나온 자들에 대하여 말하는 것이 아니다.

나는 시내에서 투숙할 방을 얻지 못해서 카지노 근처 에스토릴에 자리를 잡았다. 나는 치열한 전쟁으로부터 빠져 나왔다.

9개월 동안 부단히 독일 상공을 비행하여 온 우리 비행단은 단 한 번의 독일군 공격에 승무원 4분의 3을 잃었다. 나는 우리 집에 돌아가서 노예 상태하에 있는 우울한 분위기와 기아의 위협을 체험했다. 나는 프랑스 도시의 짙은 밤을 체험했다. 그런데 내 숙소 바로 옆에 있는 에스토릴의 카지노에는 매일 유령들로 들끓고 있었다. 어딘지 가는 것 같은 조용한 캐딜락 고급 승용차가 현관 입구 모래 위에 유령들을 내려놓았다. 그들은 종전처럼 만찬회 복장을 하고 있었다. 그들은 가슴에 장식과 진주 목걸이를 드러내고 있었다. 그들은 서로 대화할 화제가 아무것도 없는 겉치레 식사를 하려고 서로 초대한 것이었다.

그 후 그들은 재산 정도에 따라 룰렛 노름*이나 바카라** 노름을 하였다. 나는 가끔 도박 구경을 하러 갔었다. 나는 분개하지도 않았고 빈정대고 싶은 생각도 들지 않았으나 막연한 불안감을 느꼈다. 동물원에서 멸종되어 가는 동물 중에 살아 남은 놈들 앞에서 여러분의 감정을 동요시키는 그런 불안감이었다. 그들은 테이블 주위에 둘러앉았다. 그들은 엄숙한 도박장 종업원 곁에 바싹 다가앉아, 희망과 실망과 공포와 선망과 환희를 맛보기 위해 전력을 기울여 노력하고 있었다. 생존한 사람들로서 그들은 바로 그 순간에 어쩌면 의미를 상실하게 될지도 모를 재산을 걸고 노름을 하고 있는 것이다. 그들은 아마 무효가 되었는지도 모를 화폐를 사용하고 있었다. 그들 금고의 화폐 가치는 이미 몰수했거나 아니면 벌써 파괴 과정에 있는 공중 어뢰의 위협을 받고 있는 공장들로부터 보증을 받았다. 그들은 신성*** 위에서 어음을 끊었다. 그들은 마치 몇 달 전부터 지상에서 붕괴하기 시작하는 것이 아무것도 없는 것처럼 과거로 되돌아가면서 그들의 열성

---

* 원반에 구슬을 굴리는 도박의 일종.
** 트럼프의 일종.
*** 시각을 측정하는 기준이 되는 항성.

의 정당성과 그들 수표의 예치금과 그들의 변치 않을 약속을 믿으려고 노력했다. 그것은 환상의 세계와 같았다. 그것은 인형 무도극과 같았다. 그러나 그것은 슬픈 광경이었다.

필경 그들은 아무것도 두렵지가 않을 것이다. 나는 그들을 떠나 바닷가에 바람을 쐬러 갔다. 그러나 저 에스토릴의 바다, 물의 도시(水都), 길들인 바다가 나에게는 노름 속으로 들어가는 것 같았다. 바닷물은 달빛을 담뿍 받으며 부드럽고 단조로운 물결을 늘어진 옷자락처럼 만(灣) 안으로 밀어 넣고 있었다.

나는 피난민들이 여객선을 타고 있는 것을 보았다. 이 여객선 역시 가벼운 불안을 자아내고 있었다. 이 여객선은 뿌리 없는 나무들을 이 대륙에서 저 대륙으로 날라 주고 있었다. 나는 이렇게 생각했다. '나는 여행자는 되고 싶지만 이민자는 되고 싶지는 않다. 나는 내 조국에서 수많은 것을 배웠지만 다른 곳에서는 소용이 없었다.' 그런데 저 이민자들은 호주머니에서 그들의 주소록과 신분증들을 꺼내고 있었다. 그들은 아직도 자신의 존재감을 알리려 노력하고 있었다. 그들은 전력을 다하여 어떤 의미에 매달렸다. "아시다시피 나는 그런 사람입니다. 나는 이러한 도시에서······ 입니다. 이러한 사람을 아십니까?" 하고 그들은 말했다.

그리고 그들은 어떤 친구 이야기나 어떤 책임 이야기나 어떤 과오이야기, 혹은 아무것이나 관련된 이야기는 무엇이든지 이야기해 주는 것이었다. 그들이 조국을 떠나는 마당이기 때문에 과거지사는 아무런 소용이 없었다. 마치 사랑의 추억이 그렇듯이 그것은 아직도 아주 따뜻하고 신선하고 아직 살아 있었다. 사람들은 연애 편지를 모아 뭉쳐 놓는다. 거기에 어떤 추억이 담긴 것이다. 이것을 모두 아주 정성들여 묶어 놓는다. 그러면 이 기념물은 처음에는 우울한 매력을 풍긴다. 그 후 파란 눈매를 한 금발 아가씨라도 지나가면 그 기념물은 사라지고 만다. 왜냐하면 친구도 책임도 고향 도시도 집의 추억들도 만일 그것들이 사용되지 않으면 퇴색하기 때문이다.

그들은 그것을 느꼈다. 리스본이 행복한 체하는 것과 같이 그들도 머지않은 시간에 귀국하게 될 것을 믿고 있는 것 같았다. 탕자(蕩者)가 집을 나간 것은 얼마나 조용한 일인가! 자기 등뒤에 자기 집이 남아 있기 때문에 그것은 거짓 부재(不在)다. 누가 옆방에 있든지 혹은 지구반대편에 있든지 그 차이는 본질적인 것이 못 된다. 보기에는 떨어져 있는 친구의 존재가 실제적인 존재보다도 더 절실하게 생각될 수 있다. 그것이 '호른' 곳을 우회하며 역풍의 장벽에 막혀 갈 때 16세기의 부르타뉴 선원보다 더 가까운 약혼자는 결코 없었다.

떠날 때부터 그들은 벌써 돌아오기 시작했다. 그들은 바로 돛을 올리며 무거운 그들의 손으로 귀향을 준비하고 있었다. 부르타뉴 항구에서 약혼녀 집으로 가는 가장 가까운 길은 호른 곳을 경유하는 길이었다. 그런데 저 이민자들을 자기들의 약혼녀를 뺏긴 부르타뉴항의 뱃사람처럼 생각되었다. 그들을 위해서 창가에 초라한 램프등을 밝히는 부르타뉴의 약혼녀는 하나도 없었다. 그들은 돌아갈 집이 없는 탕자들이었다. 그래서 자기 자신 밖에서 이루어지고 있는 있는 참다운 여행은 시작된다.

어떻게 자기 자신을 재생시킬 것인가? 자기 마음속의 육중한 추억의 실타래를 어떻게 다시 감을 수 있겠는가? 이 유령선은 고성소*에서처럼 태어날 영혼을 싣고 있었다. 선박에 편입되어 진정한 직무로 자기를 향상시키면서 쟁반을 나르고 놋그릇을 닦고 구두에 약칠을 하며, 또한

★ 구약 시대에 성인의 영혼이 그리스도의 강림까지 머물어 있던 곳.

은연중에 경멸하면서 죽은자들을 섬기는 사람들이 현실적으로 보였으며, 너무 현실적이기 때문에 손가락으로 그들을 만져 볼 정도였다.

이민자들이 개인적인 가벼운 멸시를 받게 된 것은 가난 때문이 아니었다. 그들에게 부족한 것은 돈이 아니었다. 그들은 어떤 집과 어떤 친구와 어떤 책임을 가진 사람이 아니었다. 그들은 어떤 역할을 하는 체하였지만 그것은 이제 그 진실성이 없었다. 아무도 그들을 필요로 하지 않았고 아무도 그들에게 호소하려 들지 않았다. 밤중에 그대들을 흔들어 깨워 일으켜서 그대들을 역으로 밀고 가게 한 메시지, "빨리 올것! 그대들이 필요함"은 얼마나 신기했던가.

우리는 우리를 도와 주는 친구들을 금방 발견했다. 그리고 우리에게 도움받기를 원하는 자들을 천천히 구할 것이다. 분명히 내 유령들을 아무도 증오하지 않고 아무도 시기하지 않고, 아무도 괴롭히지 않았다. 그러나 아무도 대가를 치른 유일한 사랑으로 그들을 사랑하지는 않는다. 나는 속으로 생각했다.

그들은 도착하자마자 환영 칵테일 파티나 위로 만찬회 석상에 한몫 낀다. 그러나 누가 그들의 문을 흔들며 "문

좀 여시오! 나요!" 하며 들어가기를 요구하지 않겠는가.
어린애가 요구하게 되면 오랫동안 어린아이에게 젖을 먹
여야 한다. 어떤 친구가 우정의 권리를 요구하기 전에 그
친구와 오랫동안 교제해야만 한다. 오래 묵은 저택을 사
랑할 줄 알도록 하기 위해서는 무너져 가는 저택을 수리
하는 데 여러 세대 동안 가산을 탕진해야만 한다.

2

그러므로 나는 이렇게 생각했다. '살아왔다는 것을 어
디엔가 남기는 것은 중요한 일이다. 풍습이 그렇고, 집안
의 잔치가 그렇고, 추억을 간직한 집안도 그렇다. 돌아오
기 위해서 사는 것이 중요한 일이다……' 내가 지향하고
있는 먼 목표가 덧없는 것이기 때문에 바로 내 본질이 위
협을 느끼게 된다. 나는 정말 사막을 체험한 위험을 당했
고, 나를 오랫동안 곤경에 빠지게 한 신비를 이해하기 시
작했다.

나는 3년 동안 사하라 사막에서 살았다. 역시 다른 많
은 사람들의 뒤를 따라 그 사막의 마력을 곰곰이 생각했
다. 모든 것이 겉으로 보기에는 고독하고 헐벗었을 뿐이

지만 사하라 사막의 생활을 체험한 사람은 누구나 그때의 세월을 자기가 살아온 중에 가장 아름다운 시기로 그리워하게 될 것이다. "사막의 향수, 고독의 향수, 공간의 향수"라는 말들은 문학적인 말투에 지나지 않아서 아무 것도 분명하게 설명하지 못한다. 그런데 지금 선객들이 서로 빽빽이 서서 우글거리는 여객선 뱃전에서 처음으로 나는 사막을 이해하게 되는 것 같았다.

분명히 사하라 사막에는 까마득히 단조로운 사막만 전개되고, 거기에 모래 언덕이 적기 때문에 좀더 정확히 말해서 자갈밭 모래사장 뿐이었다. 사람들은 그곳에서 언제나 권태감에 젖어든다. 그러나 보이지 않는 신성(神性)이 방향 감각과 경사감과 보이지 않는 살아 있는 조직인 경계선을 그 사막에 만들어 놓는다. 그래서 단조로움은 없어지고 모든 것이 자기의 위치를 알게 된다. 이곳에는 침묵까지도 다른 곳의 침묵과 같지 않다.

부족들이 화해하고 저녁때의 서늘한 바람이 다시 불고 조용한 항구에서 돛을 내리고 쉬게 되면 평화의 침묵이 감돈다. 그것은 태양이 사고와 움직임을 중단시킬 때의 정오의 침묵이다. 북풍이 수그러지고 꽃가루를 잡아떼듯이 사막 내부의 오아시스에서 쫓겨온 곤충들이 나타나 모래가 불어오는 동쪽의 폭풍을 예고해 주면, 그것은 거짓 침묵이다. 멀리서 어떤 부족들이 동요하고 있을 때면 그것은 음모의 침묵인 것이다. 아랍인들끼리 알지 못할 비밀 회의가 시작되면 그것은 신비의 침묵인 것이다. 전언자(傳言者)가 제시간에 오지 않으면 긴장된 침묵인 것이다. 밤에 무슨 소리를 들으려고 숨을 죽이면 예민한 침묵이다. 사람들이 자기가 사랑하는 사람을 회상할 때에는 우울한 침묵인 것이다.

모든 것이 제자리를 찾게 되면 별마다 진정한 방향을 정해 준다. 별들은 저마다 동방 박사 삼왕의 별들이다. 별들은 모두 자기의 신을 섬긴다. 이 별은 먼 곳에 있어 도달하기 힘든 우물의 방향을 가리킨다. 그리고 그대와 그 우물 사이에 떨어져 있는 거리는 성벽과 같은 무게를 가지고 있다. 저 별은 물이 마른 우물의 방향을 가리킨다.

그래서 그 별까지도 메말라 보인다. 그리고 그대와 마른 우물 사이에 떨어져 있는 공간에는 경사가 전연 없다. 다른 어떤 별은 미지의 오아시스를 가리킨다. 그곳에서는 유목민들이 그대를 찬양하나, 불귀순 지대가 가로막혀 그대가 거기 가는 것을 막고 있다. 그리고 그대와 오아시스 사이에 전개되고 있는 사막은 동화에 나오는 선녀 나라의 잔디밭과 같다. 또 다른 별들은 바다로 가는 방향을 가리킨다.

마침내 거의 비현실적인 목표물이 저 멀리서 사막에 자기(磁氣)를 띠게 한다. 추억 속에 생생하게 살아 있는 어린 시절에 살던 집이 그렇고, 그가 어딘지 살고 있다는 것 외에는 아무것도 모르는 친구가 그렇다.

이처럼 그대 앞으로 끌어당기거나 그대를 떠미는 자계(磁界)의 힘에 의하여 그대에게 간청하거나 아니면 그대에게 반항하는 자계의 힘에 의하여 그대는 긴장되고 활기가 나는 느낌을 가지게 된다. 그대는 이제 동서남북 한가운데서 튼튼히 기초를 잡고 확실히 방향을 정해 잘 자리 잡고 있는 것이다.

그리고 사막에서는 손으로 만질 수 있는 아무런 재산도 없고 사막에서는 볼 것과 들을 것이 아무것도 없으므로 거기서 내면 생활이 잠자기는커녕 오히려 강화되기 때문에 사람들이 우선 눈에 보이지 않는 충동으로 움직이게 된다는 것을 인정할 수밖에 없다. 사람은 '정신'의 지배를 받는다. 사막에서 내가 숭배하는 것은 그만큼 가치가 있는 것이다.

이리하여 내가 구슬픈 여객선 위에서 많은 목표를 가지

고 있다면, 내가 아직도 산 유성 위에 살고 있다면, 이것은 내 뒤에서 프랑스의 밤 속에 사라진 친구의 덕분이다. 그런데 그 친구들이 나에게 가장 중요한 존재가 되었다.

확실히 프랑스는 나에게 막연한 여신도 아니고, 역사가의 개념이 아니라 차라리 내가 속해 있는 육체요, 나를 속박하는 인연의 망(網)이요, 내 마음속에 경사를 만드는 총체적인 목표이다. 내 방향을 정해 주는 데 필요한 사람들이 나 자신보다 더 튼튼하고 영속적이라는 것을 나는 느꼈다. 어디로 돌아올지 알기 위하여, 존재하기 위하여 나는 그럴 필요를 느꼈었다.

내 조국 전체가 그들 속에 존재하고 있었고, 그들을 통해서 내 마음속에 살아 있었다. 항해하는 사람들에게는 이처럼 어떤 대륙이 어느 등대들의 단순한 광채 속에 요약된다. 등대는 원근을 측량하지는 않는다. 등대불은 단순히 눈 속에 비칠 따름이다. 그래서 대륙의 모든 신비성이 별 속에 들어 있다.

그런데 오늘날 프랑스는 전 영토를 점령당한 후라, 마치 등불이 모두 꺼져서 바다의 위험 속에 있는지 아닌지를 알 수 없는 배처럼, 그 화물과 함께 침묵 속으로 송두리째 빠져 있는 것이다. 내가 사랑하는 사람들의 각자 운명은 내 속에서 나를 괴롭히는 병보다 더 심하게 나를 괴롭히고 있다. 나는 그들의 걷잡을 수 없는 운명 때문에 내가 위협을 당한다고 생각했다.

오늘 밤 내 기억에서 좀처럼 떠나지 않는 사람은 쉰 살 먹은 사람이다. 그는 병이 났다. 그리고 유태인이다. 그가 독일인의 성화 밑에서 어떻게 살아 남을 것인가? 그가 아직 생존하고 있다는 것을 상상하기 위하여, 나는 그의 마을 농부의 아름다운 침묵의 성채에 몰래 숨어서 그가 침략자에게 알려지지 않았다는 것을 믿을 필요가 있다.

그럼으로써만 나는 그가 아직 살아 있다고 생각된다. 그때만이 국경이 없는 그의 우정의 나라를 멀리서 산책하며 내가 이민자가 아니라 여행자라는 것을 느끼게 된다. 그 이유는 사막은 우리가 생각하는 곳에 있지 않기 때문이다. 사하라 사막은 어떤 수도보다도 더 활기를 띠게 된다. 그러나 사람들이 가장 많이 붐비는 도시도 생명의 가장 중요한 목표가 자력(磁力)을 상실하면 텅빈 것이 되리라.

3

그런데 생명은 우리가 살아가는 힘을 이룰 수 있겠는 가? 이 친구의 집으로 나를 끌어당기는 무게는 어디에서 오는 것인가? 도대체 내가 필요한 목표의 하나를 이 존재로써 만드는 중요한 순간은 어떤 것인가? 도대체 어떠한 남 모르는 사건으로 개인의 애정이 생기며, 그 애정을 통하여 애국심이 생기는 것일까?

진정한 기적은 얼마나 중요한 것인가! 가장 중요한 사건은 가장 간단한 것인가! 내가 말하고 싶은 이 순간에 너무나 이야기할 화제가 없기 때문에 나는 몽상에 잠겼다가 이 친구에게 이야기할 수밖에 없었다.

그것은 전쟁이 있기 전의 어느 날 손느 강변에 있는 투르뉘 도시 쪽에서였다. 우리는 나무 판자로 만든 발코니가 강 위에 솟아 있는 어떤 식당을 택하여 점심을 먹었다. 우리는 손님들이 칼로 긁어 놓은 식탁에 팔을 괴고 앉아서 페르노 술 두 잔을 주문했다.

자네의 주치의는 자네에게 술을 금했지만, 자네는 특별한 경우에는 한 잔씩 마시지 않았는가. 바로 지금이 그러한 경우일세. 나도 그 이유는 모르지만 지금은 특별한 경우일세. 우리를 즐겁게 하는 것은 불빛의 품질보다도 더 느끼기 어려운 것이었다. 그러므로 자네는 특별한 경우에 이 페르노 주를 마시기로 결정했던 것이네.

그런데 우리 바로 곁에서 사공들이 짐을 내리고 있었으므로 우리는 그 사공들을 초청했지. 우리는 발코니 위에서 그들을 소리쳐 불렀다. 그들이 왔다. 그들은 빈손으로 왔다. 우리는 어쩌면 마음속에 보이지 않는 축제 기분을 느꼈기 때문에 술친구를 부르는 것은 극히 자연스러웠다. 그들이 부르는 손짓에 응하리라는 것도 확실했다. 그래서 우리는 술잔을 맞대고 축배를 들었다.

햇빛은 좋았다. 따뜻한 태양 광선은 맞은편 강둑 포플러와 지평선까지 뻗힌 평야를 비추고 있었다. 우리는 항상 이유는 몰랐지만 더욱더 유쾌했다. 햇빛이 쨍쨍 비쳐서 마음이 흡족했고, 강물이 흐르니 마음이 기뻤고, 식사가 준비되었으니 기뻤고, 사공들이 부르는 소리가 나서 기뻤고, 하녀가 마치 그칠 줄 모르는 잔치를 벌이고 있는 듯이 상냥하고 친절하게 우리를 접대해서 기뻤다.

우리는 마음껏 마음의 평화를 누렸고, 소란을 피해서 최후의 문명 속에 젖어들었다. 우리는 일종의 완전한 행복감을 맛보았다. 그 행복감 속에서 모든 소원이 이루어졌기 때문에 우리는 할 말이 없을 정도였다. 우리는 우리들 자신이 순결하고 정직하고 총명하며 관대하다는 것을 느꼈다. 어떤 진리가 확실성 있게 우리에게 나타났는지 우리는 말할 수 없었다. 그러나 우리를 지배하고 있는 감정은 바로 확실성 그것이었다. 거의 자만스럽다고 할 수 있는 확실성이었다.

이리하여 우주는 우리를 통하여 우주의 선의를 증명했다. 성운(星雲)의 응결, 유성이 굳어지는 현상, 첫 아메바들의 형성, 아메바를 인간으로까지 만들게 한 위대한 생명의 작업, 이 모든 것이 우리를 쾌락까지 이끌고 가기 위해 즐겁게 한 곳으로 모였다! 성공치고는 그리 나쁘지 않았다.

이처럼 우리는 조용한 회합과 거의 종교적인 의식을 맛보았다. 사제(司祭) 같은 하녀가 왕래하면서 몸을 구부리고, 사공과 우리는 비록 어떤 교회라고는 말할 수 없었지만 같은 교회의 신자들처럼 건배했다.

두 사공 중 하나는 네덜란드 사람이고 다른 한 사람은 독일인이었다. 이 독일 사람은 자기 고국에서 공산당인가, 혹은 트로츠키파★의 사람인가, 혹은 가톨릭인가, 아니

★ 레닌에 동조한 소련 혁명주의자들.

면 유태인인가, 무엇으로든지 몰렸기 때문에 언젠가 나치즘을 피했던 것이다(그 사람이 어떤 명목으로 추방당했는지 나는 지금 생각나지 않는다). 그러나 그 순간에 죄의 명목 이외에 무엇이 있었다. 중요한 것은 그 내용이었다. 인간적인 됨됨이였다. 그는 단순히 친구였다. 그리고 우리는 친구들끼리 서로 마음이 맞았다. 자네도 같은 의견이었고 나도 같은 의견이었다. 사공들과 하녀도 같은 의견이었다.

무엇에 대해 같은 의견을 가졌단 말인가? 페르노 술에 대해서? 인생의 의미에 대해서? 따뜻한 그날의 일기에 대해서? 우리도 역시 이에 대하여 말할 수 없었을 것이리라. 그런데 이 의견의 일치는 너무나 총괄적인 것이고, 너무나 깊게 뿌리를 튼튼히 박은 것이고, 비록 말로는 표현할 수 없을지라도, 본질적으로는 너무나 분명한 성서 위에 기입된 것이기 때문에 우리는 그 실체를 구하기 위해서 이 정자(亭子)에 방어진을 치고 공격을 저지하며, 기관총 뒤에서 전사까지 하기로 기꺼이 수락했었다.

어떤 실체란 말인가?…… 여기에 대하여 설명하기란 힘들지 않은가! 나는 본질적인 것이 아니라 그 반영(反影)에 불과한 것을 포착할 위험성이 있다. 불충분한 설명은 진실을 놓치게 할 수도 있다. 뱃사공들의 미소의 어떤 성질을, 그대의 미소와 내 미소의 어떤 성질을, 하녀의 미소의 어떤 성질을 구하기 위하여 수천만 년 전부터 그토록 애를 쓴 태양의 어떤 기적을 구하기 위하여, 우리를 통해서 꽤 성공했던 어떤 미소의 특성에까지 이르기 위하여, 우리가 쉽사리 투쟁할 것을 내가 주장한다면, 내 말은 애매한 점이 있으리라.

본질적인 것은 대개 무게가 없다. 여기에서 본질적인 것은 외관상으로 일종의 미소에 지나지 않는다. 미소가 흔히 본질적인 것이다. 사람들은 미소로 대가를 치루는 일이 있다. 미소로 어떤 보상을 대신 받는 일도 있다.

미소로 생기가 나는 일도 있다. 그리고 어떤 특수한 미소는 사람을 죽이게 하는 수도 있다. 그렇지만 그 특수한 미소가 현대의 고민에서 우리를 그렇게도 잘 구출해 주었고 우리에게 확신과 희망과 평화를 허락해 주었으나, 나는 오늘날 내 사상을 더 잘 표현하기 위하여 또 다른 미소의 이야기를 할 필요를 느낀다.

4

그것은 스페인의 내란에 대한 탐방기사를 수집하는 동

안의 이야기였다. 나는 새벽 세시경에 어떤 화물 취급 역에서 비밀 물자를 싣고 있는 광경을 무모하게도 몰래 구경했었다. 작업 인부들의 소란과 어두움이 경솔한 내 행동을 용이하게 해 주는 것 같았다. 그러나 무정부주의자인 어떤 민병에게 내가 혐의를 받았다.

그것은 무척 간단한 일이었다. 내가 아직 그들이 가벼운 발걸음으로 말없이 다가오는 것을 전혀 눈치채지 못하고 있을 때, 그들은 벌써 손가락을 조이듯이 나를 조용히 포위하여 조여들고 있었다. 그들의 카빈 총이 내 배를 가볍게 압박했고, 나는 그 침묵을 무척 엄숙하게 생각했다. 나는 마침내 두 손을 들었다.

그들이 내 얼굴을 응시하는 것이 아니라 내 넥타이(무정부주의자들 마을의 유행은 이 예술품을 금지했다)를 응시하고 있다는 것을 나는 깨달았다. 나는 몸을 움추렸다. 나는 발사를 기다렸다.

그때는 즉결 재판의 시대였다. 그러나 아무도 발사하지는 않았다. 작업반들이 딴 세상에서 일종의 환상적인 무도곡을 추고 있는 것 같던 절대적인 침묵의 몇 초가 지난 뒤에 무정부주의자들은 가벼운 머리짓으로 나에게 그들 앞에 서라는 몸짓을 했다. 그래서 우리는 측선(側線)을 건

너서 천천히 걷기 시작했다. 체포는 완전한 침묵 속에서 이루어졌고 최소한의 동작 속에서 이루어졌다. 바다 속의 동물이 노는 것처럼 말이다.

나는 이윽고 감시 초소로 개조된 어떤 지하실로 들어갔다. 나쁜 석유 램프에 희미한 불이 비치고 다른 민병들은 카빈 총을 다리 사이에 끼우고 졸고 있었다. 그들은 나를 잡은 순찰병과 개성 없는 음성으로 몇 마디 교환했다. 그 중 한 명이 내 몸을 수색했다.

나는 스페인 말은 할 수 있지만, 카탈루냐 말은 몰랐다. 그러나 나는 그들이 내 신분증을 요구한다는 것을 알 수 있었다. 나는 신분증을 호텔에서 깜박 잊고 나왔다. 나는 내 말이 무슨 뜻을 전달하는지도 모르면서 "호텔…… 신문기자"라고 대답했다. 민병들은 내 카메라를 어떤 증거품인 것처럼 이 사람 저 사람 돌려 가며 보았다. 시원찮은 의자에 주저앉아 하품만 하던 사람 중의 몇 명이 권태롭게 일어서서 벽에 기댄다.

지배적인 인상은 권태로운 표정이었다. 권태롭고 졸음이 오는 인상이었다. 이 사람들의 주의력은 몹시 피곤에 지쳤다. 나는 인간적인 접촉으로써 적의(敵意)의 표시까지 하고 싶을 지경이었다. 그러나 그들은 아무런 분노의 표시도, 심지어 비난의 표시도 내게 보여 주지 않았다. 나는 여러 번 스페인 말로 항의를 해 보았다. 내 항의는 허공 속에 떨어졌다. 그들은 어항 속에 있는 중국 물고기라도 보는 듯이 나를 아무 반응 없이 바라보고 있었다.

그들은 무엇을 기다리고 있었다. 무엇을 기다리고 있을까? 그들 중에 누가 돌아오기를? 새벽이 되기를? 나는 이렇게 생각했다. '아마도 내가 배고프기를 기다리는가 보다……'

나는 또한 이렇게도 생각했다. '그들이 어리석은 수작을 하려고 그러는 건가! 이것은 정말 어처구니없는 일이지!……' 내가 느낀 감정—불안감보다는 훨씬 더 절실한—은 부조리에 대한 불쾌감이었다. 나는 이렇게 생각했다. '저들이 몸이 풀리면, 행동하기 원한다면, 총을 쏘겠지!'

내가 정말 위험한 처지에 있는가, 아니면 괜찮은가? 내가 태업하는 사람이나 간첩이 아니라 신문기자라는 것을 저들이 여전히 모르고 있는 것일까? 내 신분증이 호텔에 있다는 것을 여전히 모르는 것일까? 무슨 결정을 했는가? 어떤 결정을 했을까?

그들이 별다른 양심의 가책을 받지 않고 총질을 한다

는 것 외에는 나는 그들에 대하여 별로 모르고 있었다. 혁명 전위대들은 그들이 어떤 당에 속해 있든 간에 사람을 추방하는 것이 아니라(그들은 사람을 본질적으로 생각하지 않는다), 어떤 전조(前兆)를 추방하는 것이다. 그들은 자기들과 반대되는 사실을 전염병과 같이 생각한다. 의심스러운 증세만 보여도 그들은 전염병 환자를 격리 수용소로 보낸다. 공동묘지로 보낸다.

그렇기 때문에 이따금씩 모호한 말투로 한마디씩 내게 묻지만 나는 전혀 그에 대해 알아듣지 못했으므로 그런 질문이 내게는 불길하게 보였다. 부조리한 룰렛 노름이 내 생명을 걸고 진행되고 있다. 그러므로 나는 참다운 내 운명 속에서 나를 강요하는 그 무엇을 그들에게 소리치고 실제 사실로써 측정하기 위하여 야릇한 욕망을 느꼈다. 예컨대 내 연령은, 사람의 연령은 인상적이 아닌가! 연령은 그의 전 생애를 요약하는 법이다.

사람의 원숙(圓熟)은 천천히 이루어지는 것이다. 사람의 원숙은 수많은 장애물을 극복하고 나서, 많은 중병을 치루고 나서, 수많은 근심 걱정을 겪고 나서, 수없이 실망을 극복하고 나서, 대부분 의식하지 못하는 수많은 위험한 고비를 넘기고 나서 이루어지는 것이다.

그것은 그토록 많은 욕망과 희망과 후회와 망각과 사랑을 거쳐서 이루어지는 것이다. 어떤 사람의 연령은 경험과 추억의 훌륭한 축적을 나타내는 것이다. 함정과 혼란과 틀에 박힌 행위에도 불구하고 사람들은 무개 화차처럼 덜커덩거리며 그럭저럭 계속 전진해야만 했다.

그러나 지금은 줄기차게 집중된 호운(好運)의 덕분으로 거기에 이른 것이다. 그의 나이는 서른일곱 살이다. 그리고 그 좋은 무개 화차는 신이 원한다면 쌓여 있는 추억을 더 멀리까지 싣고 갈 것이다. 그러므로 나는 이렇게 생각했다. '나는 지금 이쯤 되었다. 나는 서른일곱 살이다…….' 나는 이러한 속내 이야기를 하여 내 재판관들의 감정을 무디게 하고 싶었다. 그러나 그들은 더 이상 나를 심문하지 않았다.

그때에 기적이 일어났다. 오! 무척 신중한 기적이었다. 나는 담배가 떨어졌다. 나를 감시하던 간수 한 사람이 담배를 피우고 있었기 때문에 나는 몸짓으로 담배를 한 개비 달라고 청하면서 야릇한 웃음을 지어 보였다. 그는 먼저 기지개를 켜고 나서, 천천히 이마에 손을 얹고, 눈을 들어 내가 있는 쪽을 바라보았다. 지금은 내 넥타이를 보는 것이 아니라 내 얼굴을 보았다. 그리고 무척 놀랍게도 그도 역시 미소를 지었다. 그것은 마치 해가 뜨는 것과 같았다.

이 기적은 비극의 끝장을 내는 것이 아니라, 단지 빛이 어둠을 지워 버리는 것처럼 그 비극을 살짝 지워 버렸다. 이제는 어떠한 비극도 그 이상 없었다. 이 기적이 눈에 띄게 변화시킨 것은 아무것도 없었다. 좋지 못한 석유 램프, 서류가 흩어져 있는 테이블, 벽에 등을 기대고 있는 사람들, 물건들의 빛깔, 냄새, 모든 것이 그대로였다. 그러나 모든 것이 실제적으로는 변화한 것이었다. 이 미소가 나를 구출해 준 셈이다. 그것은 해가 뜨는 것만큼이나 번복할 수 없는 표시였고, 다음에 일어날 결과를 결정적으로 명백하게 만든 표시였다. 새로운 기원(紀元)이 시작되었다. 아무것도 변화되지 않았으나 모든 것이 변화했다. 서류가 흩어진 테이블이 살아났다.

석유 램프가 살아났다. 벽이 살아 있다. 이 지하실의 죽은 물건으로부터 스며 나온 권태감도 요술을 부린 것처럼 훨씬 가벼워졌다. 그것은 마치 보이지 않는 피가 다시 순환하기 시작하여 같은 육체 속에 있는 모든 사물들을 다시 연결시켜 주면서, 그 사물들에 새로운 의의를 회복시켜 준 것과 같았다.

사람들은 역시 움직이지 않았다. 조금 전에 노아의 홍수 이전의 어떤 종족처럼 나와 거리감이 있었으나, 지금은 그들이 나와 가까운 생명체를 가지고 새로 태어난 것이다. 나는 이상하게도 존재에 대한 감각이 예민했다. 바로 그렇다. 존재 감각이다. 그리고 나는 동류의식을 가졌다.

　내게 미소를 보여 준 청년, 조금 전에는 한 직분만 가졌고 일종의 도구에 지나지 않았으며 일종의 징그러운 곤충에 불과했던 그 청년이 지금은 좀 어색해하고 신기할 정도로 수줍어하고 있지 않는가. 그 테러리스트가 다른 사람보다 덜 난폭해져서가 아니다! 그의 마음속에 인간적인 면이 생겨서 그의 약점이 있는 부분을 그토록 잘 비쳐 주지 않는가! 우리 인간은 잘난 체하기 쉽다. 그러나 보이지 않는 마음속으로는 주저와 회의와 슬픔을 체험하는 것이다…….

　아직 아무 말도 하지 않았다. 그렇지만 모든 것이 해결되었다. 그 민병이 나에게 담배를 내밀 때, 나는 고맙다고 하면서 그의 어깨 위에 손을 얹었다. 그래서 그 얼음이 일단 녹게 되자 다른 민병들도 역시 인간적인 면을 가졌기 때문에 나는 자유롭고 새로운 나라에 들어가는 것처럼 모든 사람의 미소 속으로 들어갔었다.

나는 전에 사하라 사막에서 우리를 구해 준 사람들의 웃음 속으로 들어간 것처럼 그들의 웃음 속으로 들어갔다. 동료들은 가능한 멀지 않은 곳에 착륙하여 여러 날 동안 수색 끝에 우리들을 발견한지라, 그들은 우리에게 성큼성큼 걸어오면서 팔을 높이 쳐들고 가죽 물주머니를 흔들었다. 내가 조난을 당했다면 구조대원의 웃음을, 내가 구조대원이었다면 조난당한 사람의 웃음을 나는 기억하리라. 마치 내가 그토록 행복했던 고향을 기억하듯이. 진정한 기쁨은 같은 음식을 나누는 식탁에 앉은 낙이다. 인명 구조도 이러한 낙을 체험하는 기회에 지나지 않는다. 물(水)이 인간의 선의에서 오는 선물이 아니고서는 결코 사람을 즐겁게 하는 힘을 가지지 못한다.

환자를 돌봐 주는 간호와 추방된 사람을 받아들이는 영접과 용서하는 것까지도 잔치를 밝게 해 주는 우아한 웃음 속에서만 가치가 있는 것이다. 우리는 언어와 사회 계급과 당파를 초월하여 웃음 속에서 결합하게 된다. 어떤 사람과 그의 습관, 나와 나의 습관, 우리는 이렇게 모인 같은 교회의 신자들이다.

5

이 기쁨의 특질이 우리 문명의 가장 귀중한 결실이 아닌가? 전체주의 독재도 물질적인 욕구에 대해서는 우리에게 만족을 줄 수 있을 것이다. 그러나 우리는 목장 속에 있는 가축은 아니다. 번창함과 안락함도 우리를 만족시키는 데 충분하지는 못하다. 인간의 존엄성을 존중하는 분위기에서 성장한 우리에게는 가끔 신기한 축제로 변하는 단순한 상봉(相逢)이 무겁게 생각되는 것이다……

인간의 존엄성! 인간의 존엄성…… 거기에 시금석이 있는 것이다! 나치주의자가 자기와 흡사한 사람들만 존중한다면, 그는 자기 외에 아무도 존중하지 않는 셈이다. 그는 창조적인 반대를 거부하고, 부풀어오르는 희망을 꺾으며 인간 대신에 개미집의 수도꼭지를 천 년을 가라고 만들어 주는 셈이다. 질서를 위한 질서는 세계와 자기 자신을 변화시킬 수 있는 근본적인 힘을 인간으로부터 빼앗아 가는 셈이다. 인생은 질서를 창조한다. 그러나 질서는 인생을 창조하지 못한다.

반대로 우리의 상승(上昇)은 이룩되지 않았고, 내일의 진리를 얻기 위해 어제의 오류에서 마음의 양식을 삼고,

이겨내야 할 반대 세력을 우리 성장의 부식토(腐植土)로 생각해야만 할 것이다. 우리는 우리들과 다른 사람들까지도 동족으로 생각해야 한다. 그런데 얼마나 이상한 친척 관계인가! 친척 관계는 미래에 근거를 두지 않고 과거에 근거를 두는 것이다. 그것은 시초에 근거를 두지 않고 목적지에 근거를 둔다. 우리는 서로 다른 길을 따라서 같은 약속 장소로 가는 순례자들이다.

그런데 오늘날 우리의 성장 조건인 인간의 존엄성이 바로 위기에 처해 있다. 근대 세계의 모순이 우리를 암흑 속으로 몰아넣는다. 문제는 조리에 맞지 않고 해결책은 모순투성이다. 어제의 진리는 사라지고 내일의 진리는 아직 건설해야 할 단계다.

귀중하고 가치 있는 종합적인 면은 조금도 내다보지 못하고, 우리들은 저마다 진리의 일부만 지니고 있다. 국민들을 위압할 자신이 없으므로 정치적 교의는 폭력에 호소한다. 그리고 우리는 서로 다른 방법을 택함으로써 우리가 같은 목적지로 달리고 있다는 사실을 망각할 위험성이 있는 것이다.

어떤 별의 방향을 보고 산을 넘는 나그네가 산을 넘는 데만 너무 정신이 팔리면, 어떤 별을 따라가야 할지 모르게 될 수도 있는 것이다. 만일 그가 행동을 위해서만 행동한다면 아무 데도 가지 못할 것이다.

대성당의 의자 빌려 주는 여인이 의자 빌려 주는 데만 너무 악착같이 정신이 팔리면 자기가 신을 섬기고 있다는 사실을 망각할 위험이 있다. 이처럼 내가 어떤 편파적인 정열에 빠진다면, 정치가 어떤 정신적인 확신을 위해서만 의의가 있다는 사실을 망각할 위험이 있다. 우리는 기적이 일어나던 순간에 인간 관계의 특질을 맛보았다. 우리가 보기에는 거기에 진리가 있는 것이다.

아무리 다급하게 행동을 해야 한다 하더라도, 그 행동을 조종해야한다는 사명감을 망각해서는 안 된다. 그렇지 않으면 그 행동은 보람없는 일이다. 우리는 인간의 존엄성을 앞세우고 싶다. 왜 우리는 같은 진영 안에서 서로 미워하고 있겠는가? 우리 중에 아무도 순수한 지향의 특권을 가진 사람은 없다. 나는 내가 선택한 길을 위하여 다른 사람이 선택한 어떤 길을 공격할 수는 있다. 나는 그의 이성의 걸음걸이를 비평할 수 있다. 이성의 발걸음은 확실치 않다. 그러나 만일 그가 같은 별을 향하여 애써 걸어가고 있다면, 나는 정신적인 면에서 그 사람을 존중해야 한다.

인간의 존엄성! 인간의 존엄성!…… 만일 인간의 존엄

성이 인간의 마음속에 새겨져 있다면, 사람들은 그 대신이 존엄성을 바탕으로 사회적 정치적 경제적 제도를 만들어야 할 것이다. 어떤 문명은 그 실체(實體) 속에서 세워진다. 그것은 우선 어떤 정열에 대한 맹목적인 갈망으로 나타난다. 그 후 인간은 시행 착오를 거듭하면서 등불로 인도하는 길을 발견하게 된다.

6

벗이여, 그러기에 나는 아마 그대의 우정이 이토록 필요한가 보다. 나는 이성의 논쟁을 초월하여 그 등불을 찾아가는 순례자들을 마음 속으로 존중해 줄 길동무를 갈망한다. 나는 가끔 약속받은 정열을 미리 맛볼 필요성을 느끼고, 나 자신을 좀 초월하여 우리들의 약속장소에서 쉴 필요를 느낀다.

나는 논쟁과 배타적인 행동과 광신에 진저리가 난다. 나는 제복을 입지 않고, 코란 구절을 암송할 구속을 받지 않고, 내 마음의 고향의 그 아무것도 단념하지 않고 그대 집에 들어가리라. 그대 곁에 있으며 나는 나 자신을 변호할 필요도 없고 자신을 옹호할 필요도, 증명할 필요도 없다. 나는 투르뇌에서처럼 평화를 누리게 되리라.

서투른 내 말에도 불구하고, 착각을 일으킬 수 있는 내 추리력에도 불구하고 그대는 내 마음속에서 '인간'만을 발견할 것이다. 그대는 내 마음속에서 신앙과 습관과 개인적인 사랑의 사자(使者)를 존중할 것이다. 만일 내가 그대와 다른 점이 있다면, 그대를 해치기는커녕 그대를 향상시키게 할 것이다. 그대는 사람들이 나그네에 물어 보듯이 내게 물어 본다.

누구나 그렇듯이 인정받을 필요를 느끼는 나는 그대 속에서 순결함을 느끼고 그대를 향해 간다. 나를 순결하게 만들어 줄 그곳으로 갈 필요를 느낀다. 그것은 내가 누구라는 것을 그대에게 알려 주는 상투적인 내 말투와 행동이 아니다. 내게 있는 그대로를, 내가 한 그대로를 받아들였기 때문에 필요한 경우에는 그대는 내 말투와 태도에 대하여 관대하게 대했다.

내가 있는 그대로를 그대가 받아 주어서 나는 고맙게 생각한다. 나를 비판하는 친구들과 나는 무엇을 해야 하는가. 내가 어떤 친구를 식탁에 청했을 때, 만일 그가 다리를 절룩거린다면 그를 자리에 앉으라고 권하지 춤을 추자고 하지는 않는다.

나의 벗이여, 사람들이 가슴을 펴고 호흡하는 산꼭대기에서처럼 나는 그대를 필요로 하고 있다. 나는 다시 한 번 손느 강가에서 갈라진 송판으로 만든 작은 여인숙 식탁에 그대 옆에 팔꿈치를 괴고 앉아, 두 뱃사공을 청하여 태양과 흡사한 미소의 평화 속에서 그들과 함께 술잔을 나눌 필요를 느낀다.

만일 내가 아직도 투쟁을 한다면, 그대를 위해서도 약간 투쟁하리라. 나는 이 미소가 나타내는 의미를 더 잘 이해하기 위해서 그대가 필요하다. 나는 그대가 살아가도록 도와 줄 필요를 느낀다. 그토록 나약하고 위협을 받던 그가 하루를 더 견디기 위해, 어떤 초라한 잡화상 앞 보도에서, 헤어진 외투를 입었으나 별로 추위를 막지 못해 벌벌 떨면서, 몇 시간 동안 쉰 살 된 그대의 몸을 끌면서 다니는 것이 눈에 선하다. 그대가 만일 프랑스 국민이라면, 그대는 이중으로 죽을 위험을 당할 것으로 생각한다.

왜냐하면 프랑스 국민이기 때문에 아니면 유태인이기 때문이다. 나는 다시는 논쟁을 허락하지 않던 어떤 공동체의 진가를 알게 되었다. 우리는 모두 어떤 나무에서 생겼듯이 프랑스에서 태어났다.

그래서 그대가 내 진리를 위해서 봉사한 것처럼 나도

그대의 진리를 위해서 봉사하겠다. 외국에 있는 우리 프랑스 국민은 이번 전쟁에서 독일군의 점령 때문에 눈〔雲〕으로 얼어붙은 씨앗 뭉치를 녹여야 한다. 조국에 남아 있는 그대들을 구출해야 한다.

그대들이 뿌리를 깊게 박을 기본적인 권리를 가지고 있는 그 영토에서 그대들을 자유롭게 해 주어야만 한다. 그대들은 4천만 명의 인질들이다. 항상 새로운 진리가 준비되는 곳은 바로 압박을 받고 있는 지하실 속이다. 고국에서는 4천만 명의 인질들이 그들의 새로운 진리를 명상하고 있다. 우리는 미리부터 새로운 진리에 순종하겠다.

그 이유는 그대들이 바로 우리를 가르치기 때문이다. 밀초처럼 자기 자신의 존재를 희생시켜 정신적인 불꽃을 피우고 있는 그대들에게 우리가 그 정신적인 불꽃을 갖다 준다는 것은 말도 안 된다. 우리가 쓴 책들을 아마 그대들은 읽지 않을지도 모른다. 우리들의 연설에 그대들은 귀를 기울이지 않을지도 모른다.

그대들은 아마 우리의 사상을 배척할지도 모른다. 우리가 프랑스를 건설한 것은 아니다. 우리는 프랑스를 위해 봉사하는 일밖에 할 수 없다. 우리는 어떤 일을 했든지 조금도 감사받을 권리가 없다. 자유롭게 투쟁하는 것과 암흑 속에서 압박을 받는 것을 동시에 측량할 수 있는 공동적인 측도는 없다. 군인 신분과 인질의 처지를 동시에 측량할 수 있는 공통된 측도는 없다. 그대들은 성인들이다.

생 텍쥐페리의 연보

1900년 6월 29일, 프랑스 리옹 시에서 출생. 아버지는 장 드 생 텍 쥐페리 백작, 어머니는 마리 부아이에 드 퐁스콜롱브. 6월 30일에 세례받음.

1904년 아버지 사망.

1908년 리옹 시 몽 생 바르테레미 학교에서 초등 교육을 받기 시작 함.

1909년 늦여름, 가족과 함께 르망으로 이사. 예수회 경영 노트르담 드 생트 크루아 학원에 입학.

1914년 10월, 동생 프랑스와와 함께 예수회 경영 노트르담 드 몽그 레학원에 전학.

1915년 1월, 동생과 함께 스위스 프리부르 시 마리아회 경영의 국 제적 시설인 빌라 생 장 학원의 기숙생이 됨. 이 당시 발자 크, 보들레르, 도스토예프스키 등의 작품을 탐독.

1917년 여름, 동생 프랑스와 사망. 이 죽음은 〈어린 왕자〉를 비극으 로 장식하게 된 모티브가 됨. 10월, 파리에 나와 보쉬에 고 등학교, 생 루이 고등학교에서 해군사관학교 입학 준비.

1918년 라카날 고등학교에서 연구.

1919년 6월부터, 해군사관학교 구두 시험에 실패. 10월부터 파리 예술대학 건축과 재적.

1921년	4월, 스트라스부르 비행 연대에서 병역 근무. 6월, 모로코의 라바트에 전속 민간 비행 면허증을 땀.
1922년	1월, 남프랑스 이스트르에서 육군 비행 조종 학생이 되어 군용기 조종 면허장을 땀. 10월, 예비 소위에 임관. 《은선銀船》이란 잡지에 중편 〈비행사(L'aviateur)〉 발표.
1923년	3월, 제대. 루이즈 드 빌모랭과 약혼. 공군에 머무는 것을 단념함. 약혼 취소. 부르롱 타일 제조 회사의 사원이 됨.
1924년	소레 자동차 회사에 입사. 지드, 장 프레보와 사귐. 이때 발레리, 지로두, 아인슈타인 등의 작품을 탐독.
1926년	봄, 소레 회사를 그만두고 프랑스 항공 회사에 입사. 툴루즈에서 영업 주임인 디디에 도라와 사귐.
1927년	봄, 툴루즈-카사블랑카-다카르 간의 정기 우편 비행에 종사. 10월, 중개 기지인 쥐비 곶 비행자의 책임자로 취임. 〈남방 우편기(Courrier Sud)〉 집필.
1929년	3월, 프랑스로 다시 돌아옴. 브레스트에서 해군의 고등 비행기술 훈련을 받음. 10월, 아에로포스타 아르헨티나 사의 지배인으로서 부에노스아이레스에 부임.
1930년	《남방 우편기》를 갈리마르 출판사에서 출간. 6월 〈야간 비행(Vol de Nuit)〉 집필. 시나리오를 썼으나 상연되지 못함.
1931년	1월, 파리로 돌아와 몇 주일 후, 아게에서 고메즈 카리요라는 신문기자의 미망인 콘수엘로 순신과 결혼. 5월, 프랑스와 남미를 연결하는 항공 우편 사업에 종사. 12월, 〈야간 비행〉(서문은 앙드레 지드가 씀)으로 페미나 문학상을 받음.
1932년	2월, 마르세유와 알제리 간의 수상기 연락 비행에 종사.

1933년 라테코에르 비행기 제조 회사에 입사하여 테스트 파일럿이 됨. 생 라파엘 만에서 수상기를 테스트하는 중에 사고를 일으켜 구사일생으로 살아남.

1934년 4월, 에어 프랑스 사의 선전부에 들어가 이듬해까지 유럽 각지, 북아프리카, 아시아 특히 사이공 등지로 강연 여행을 다님. 이때 에딩턴, 존스 등과 같은 과학자의 저서를 읽음. 착륙장치를 개발하여 특허를 땀. 그 후 계속해서 12개의 특허를 냄.

1935년 4, 5월, 《파리 스와르》지 특파원으로 소비에트 여행(동지에 르포르타주 연재. 후에 이것이 〈인생의 의미(Un Sensaà la Vie)〉가 됨). 기관사 프레보와 함께 파리와 사이공 간의 비행기 기록 경신을 위해 출발. 리비아 사막에 불시착하여 기적적으로 살아남(이때의 체험은 〈인간의 대지〉와 〈어머니께 드리는 글〉에 나옴).

1936년 8월, 《랭트랑지장》지의 특파원으로 시민 전쟁이 벌어지고 있는 스페인에 감. 카탈루냐 전선에서 동지에 현지 보고를 보냄. 베이루트의 생 조세프 대학에서 강연. 제트기 구상. 친구 메르모즈 죽음.

1937년 2월, '시문'형 비행기에 탑승하여 카사블랑카 통북투 신노선을 개발, 바마코 바카르를 거쳐 카사블랑카로 돌아옴. 6월, 《파리 스와르》지 특파원으로 다시 스페인에 감. 《마리 안느》지에 〈아르헨티나의 왕녀〉 발표.

1938년 2월, 뉴욕과 남미 대륙 최남단에 회고선을 연결하는 장거리 비행을 계획. 과테말라 공항 이륙에 실패하여 중상을 입음. 귀국 후 스위스, 남프랑스 등에서 요양. 〈인간의 대지

(Terre des Hommes)〉 집필. 10월, 〈평화냐 전쟁이냐〉라는 논설을 《파리 스와르》지에 집필.

1939년 2월, 《인간의 대지》 출판. 미국에서는 이 책이 《바람과 모래와 별들(Winds, Sand and Stars)》로 번역 출간됨. 뉴욕에서 '이달의 양서'로 선정, 아카데미 프랑세즈에서 소설 대상을 받음. 뉴욕에서 다시 귀국. 9월 2일, 제2차 세계대전의 발발로 예비 대위로서 소집되어 툴루즈 몽토드랑 기지에서 항해법의 교관으로 임명됨. 11월, 오르콩트의 2—33정찰 비행 대대에 배속. 이때부터 이듬해 초에 걸쳐서 〈어린 왕자(Le Petit Prince)〉 집필.

1940년 8월 5일, 동원 해제, 아게에서 휴양. 〈성채(Citadelle)〉 집필을 시작. 미국 망명을 결심함. 11월 27일, 친구 앙리 기요메 죽음. 12월, 뉴욕을 향해 출발.

1941년 1월, 뉴욕에 도착. 〈전시 조종사(Pilote de Guerre)〉 집필.

1942년 2월, 뉴욕에서 《전시 조종사》의 영문판이 《아라스 지구 비행(Flight to Arras)》이라는 제목으로 출간됨. 이 작품은 같은 해에 프랑스에서도 간행되었으나, 1943년에 독일 점령 당국에 의해 발매금지 처분을 받음. 11월 6일, 연합군 북아프리카 상륙 작전에 성공. 다시 알제리의 2-33 비행대로 5회만 출격한다는 조건으로 복귀가 허락됨.

1943년 2월, 뉴욕에서 《어느 인질에게 보내는 글(Lettre à un Otage)》이 4월, 《어린 왕자》가 출간됨. 5월 4일, 북아프리카에 집결한 최초의 민간 프랑스 인으로 알제리에 도착. 6월, 우지다의 기지에서 P-38 리트닝기의 조종 훈련을 받고, 그달 25일에 소령으로 승진. 7월, 튀니스 부근의 라마르사 기지에서 미 제7군에 소속됨.〈X장군의 편지〉집필. 8월, 예비역에 편입.

1944년 5월 16일, 사르데뉴 섬의 알게로 기지에서 2-33 정찰 비행대대로 복귀. 7월 17일, 2-33 비행대가 코르시카 섬의 보르고 기지로 이동할 때에는 이미 8회 출격을 마친 뒤임. 7월 31일 오전 8시 30분, 리트닝 기지를 출발, 프랑스 본토로 정찰을 떠난 후 돌아오지 않음. 목격자의 증언에 의하면 귀로중 코르시카 수도 남방 백 킬로미터 지점에서 독일 전투기에 의해 격추, 사망한 것으로 추측됨. 그날 밤의 작전 일지에는 "우리는 그를 상실함으로써 친한 동료일 뿐만 아니라 우리에게 있어서 신념의 위대한 모범이었던 인물을 상실했음"이라고 기입되어 있음. 11월 3일, 프랑스 정부로부터 수훈장殊勳章이 추서됨. 이 밖에도 파리의 출판사인 NRF에서 펴낸《성채城砦(Citadelle)》가 있고, 1923년부터 1931년에 걸쳐 씌어진 서한집《젊은이의 편지(Lettres de Jeunesse)》가 있음.《어머니께 드리는 편지(Lettres à Sa Mère)》는 생 텍쥐페리가 사망한 후 친모인 J. M. 드 생 텍쥐페리의 서문을 달아 출간됨. 1940년부터 1944년까지 씌어진 수상집《인생의 의미(Un Sens à la Vie)》가 클로드 레이날의 해설과 함께 출간됨.

＊ 옮긴이 | 조규철

한국외국어대학 불어과 및 동 대학원 졸업.
파리대학교 벵센스 대학 졸업(문학박사).
한국외국어대학교 교수 및 총장 역임.
저서로는 《19세기 佛 詩選》《불어 언어와 문화》
《프랑스 시 연구》 등이 있으며,
역서로는 《생 텍쥐페리 선집》《세기의 야망》
《좁은 문》《전원 교향곡》 등이 있다.

어머니께 드리는 편지

초판 1쇄 발행 2018년 8월 20일

지은이   생 텍쥐페리
옮긴이   조규철
펴낸이   윤형두
펴낸곳   종합출판 범우(주)

등록번호 제 406-2004-000012호(2004년 1월 6일)
        10881 경기도 파주시 광인사길 9-13(문발동)
대표전화 031)955-6900, 팩스 031)955-6905

홈페이지 www.bumwoosa.co.kr
이메일   bumwoosa1966@naver.com

ISBN 978-89-6365-241-2 03860

산과 바다와 여행길에
범우문고
2,800~4,900원
40년간 총 4,500만부 돌파!

▶ 전국 서점에서 낱권으로 판매합니다
▶ 계속 출간됩니다

1 수필 피천득
2 무소유 법정
3 바다의 침묵(외) 베르코르/조규철·이정림
4 살며 생각하며 미우라 아야코/진웅기
5 오, 고독이여 F.니체/최혁순
6 어린 왕자 A생 텍쥐페리/이정림
7 톨스토이 인생론 L.톨스토이/박형규
8 이 조용한 시간에 김우종
9 시지프의 신화 A.카뮈/이정림
10 목마른 계절 전혜린
11 젊은이여 인생을… A.모로아/방곤
12 채근담 홍자성/최현
13 무진기행 김승옥
14 공자의 생애 최현 엮음
15 고독한 당신을 위하여 L.린저/곽복록
16 김소월 시집 김소월
17 장자 장자/허세욱
18 예언자 K.지브란/유제하
19 윤동주 시집 윤동주
20 명정 40년 변영로
21 산사에 심은 뜻은 이청담
22 날개 이상
23 메밀꽃 필 무렵 이효석
24 애정은 기도처럼 이영도
25 이브의 천형 김남조
26 탈무드 M.토케이어/정진태
27 노자도덕경 노자/황병국
28 갈매기의 꿈 R.바크/김진욱
29 우정론 A.보나르/이정림
30 명상록 M.아우렐리우스/황문수
31 젊은 여성을 위한 인생론 P.벅/김진욱
32 B사감과 러브레터 현진건
33 조병화 시집 조병화
34 느티의 일월 모윤숙
35 로렌스의 성과 사랑 D.H.로렌스/이성호
36 박인환 시집 박인환
37 모래톱 이야기 김정한
38 창문 김태길
39 방랑 H.헤세/홍경호
40 손자병법 손무/황병국
41 소설 · 알렉산드리아 이병주
42 전락 A.카뮈/이정림

43 사노라면 잊을 날이 윤형두
44 김삿갓 시집 김병연/황병국
45 소크라테스의 변명(외) 플라톤/최현
46 서정주 시집 서정주
47 사람은 무엇으로 사는가 톨스토이/김진욱
48 불가능은 없다 R.슐러/박호순
49 바다의 선물 A.린드버그/신상웅
50 잠 못 이루는 밤을 위하여 힐티/홍경호
51 딸깍발이 이희승
52 몽테뉴 수상록 M.몽테뉴/손석린
53 박재삼 시집 박재삼
54 노인과 바다 E.헤밍웨이/김회진
55 향연 · 뤼시스 플라톤/최현
56 젊은 시인에게 보내는 편지 릴케/홍경호
57 피천득 시집 피천득
58 아버지의 뒷모습(외) 주자청/허세욱(외)
59 현대의 신 N쿠치키(편)/진철승
60 별 · 마지막 수업 A.도데/정봉구
61 인생의 선용 J.러보크/한영환
62 브람스를 좋아하세요… F.사강/이정림
63 이동주 시집 이동주
64 고독한 산보자의 꿈 J.루소/염기용
65 파이돈 플라톤/최현
66 백장미의 수기 I.숄/홍경호
67 소년 시절 H.헤세/홍경호
68 어떤 사람이기에 김동길
69 가난한 밤의 산책 C.힐티/송영택
70 근원수필 김용준
71 이방인 A.카뮈/이정림
72 롱펠로 시집 H.롱펠로/윤삼하
73 명사십리 한용운
74 왼손잡이 여인 P.한트케/홍경호
75 시민의 반항 H.소로/황문수
76 민중조선사 전석담
77 동문서답 조지훈
78 프로타고라스 플라톤/최현
79 표본실의 청개구리 염상섭
80 문주반생기 양주동
81 신조선혁명론 박열/서석연
82 조선과 예술 야나기 무네요시/박재삼
83 중국혁명론 모택동(외)/박광종 엮음
84 탈출기 최서해

85 바보네 가게 박연구
86 도왜실기 김구/엄항섭 엮음
87 갈매기 잉 안녕 F.사강/이정림 · 방곤
88 공산당 선언 마르크스 · 엥겔스/서석연
89 조선문학사 이명선
90 권태 이상
91 내 마음속의 그들 한승헌
92 노동자강령 F.라살레/서석연
93 장씨 일가 유주현
94 백설부 김진섭
95 에코스파즘 A.토플러/김진욱
96 가난한 농민에게 바란다 레닌/이정일
97 고리키 단편선 M.고리키/김영국
98 러시아의 조선침략사 송정환
99 기재기이 신광한/박헌순
100 홍경래전 이명선
101 인간만사 새옹지마 리영희
102 청춘을 불사르고 김일엽
103 모빌경작생(외) 박영준
104 방망이 깎던 노인 윤오영
105 찰스 램 수필선 C.램/양병석
106 구도자 고은
107 표해록 장한철/정병욱
108 월광곡 홍난파
109 무서록 이태준
110 나생문(외) 아쿠타가와 류노스케/진웅기
111 해변의 시 김동석
112 발자크와 스탕달의 예술논쟁 김진욱
113 파한집 이인로/이상보
114 역사소품 곽말약/김승일
115 체스 · 아내의 불안 S.츠바이크/오영옥
116 복덕방 이태준
117 실천론(외) 모택동/김승일
118 순오지 홍만종/전규태
119 직업으로서의 학문 · 정치 베버/김진욱(외)
120 요재지이 포송령/진기환
121 한실야 단편선 한설야
122 쇼펜하우어 수상록 쇼펜하우어/최혁순
123 유태인의 성공법 M.토케이어/진웅기
124 레디메이드 인생 채만식
125 인물 삼국지 모리야 히로시/김승일
126 한글 명심보감 장기근 옮김

127 조선문화사서설 모리스 쿠랑/김수경
128 역옹패설 이제현/이상보
129 문장강화 이태준
130 중용 · 대학 차주환
131 조선미술사연구 윤희순
132 옥중기 오스카 와일드/임헌영
133 유태인식 돈벌이 후지다 덴/지방훈
134 가난한 날의 행복 김소운
135 세계의 기적 박광순
136 이퇴계의 활인심방 정숙
137 카네기 처세술 데일 카네기/전민식
138 요로원야화기 김승일
139 푸슈킨 산문 소설집 푸슈킨/김영국
140 삼국지의 지혜 황의백
141 슬견설 이규보/장덕순
142 보리 한흑구
143 에머슨 수상록 에머슨/윤삼하
144 이사도라 덩컨의 무용에세이 덩컨/최혁순
145 북학의 박제가/김승일
146 두뇌혁명 T.R.블랙슬리/최현
147 베이컨 수상록 베이컨/최혁순
148 동백꽃 김유정
149 하루 24시간 어떻게 살 것인가 베넷/이은순
150 평민한문학사 허경진
151 정선아리랑 김병하 · 김연갑 공편
152 독서요법 황의백 엮음
153 나는 왜 기독교인이 아닌가 러셀/이재황
154 조선사 연구(草) 신채호
155 중국의 신화 장기근
156 무병장생 건강법 배기성 엮음
157 조선위인전 신채호
158 정감록비결 편집부 엮음
159 유태인 상술 후지다 덴/진웅기
160 동물농장 조지 오웰/김회진
161 신록 예찬 이양하
162 진도 아리랑 박병훈 · 김연갑
163 책이 좋아 책하고 사네 윤형두
164 속담에세이 박연구
165 중국의 신화(후편) 장기근
166 중국인의 에로스 장기근
167 귀여운 여인(외) A체호프/박형규
168 아리스토파네스 희곡선 아리스토파네스/최현
169 세네카 희곡선 세네카/최현
170 테렌티우스 희곡선 테렌티우스/최현
171 외투 · 코 고골리/김영국
172 카르멘 메리메/김진욱
173 방법서설 데카르트/김진욱
174 페이터의 산문 페이터/이성호
175 이해사회학의 카테고리 베버/김진욱
176 러셀의 수상록 러셀/이성호
177 속악유희 최영년/황순구
178 권리를 위한 투쟁 R 예링/심윤종
179 돌과의 문답 이규보/장덕순
180 성황당(외) 정비석
181 양쯔강(외) 펄 벅/김병걸
182 봄의 수상(외) 조지 기싱/이창배
183 아미엘 일기 아미엘/민희식
184 예언자의 집에서 토마스 만/박환덕
185 모자철학 가드너/이창배
186 짝 잃은 거위를 곡하노라 오상순
187 무하선생 방랑기 김상용
188 어느 시인의 고백 릴케/송영택

189 한국의 멋 윤태림
190 자연과 인생 도쿠토미 로카/진웅기
191 태양의 계절 이시하라 신타로/고평국
192 애서광 이야기 구스타브 플로베르/이민정
193 명심보감의 명구 191 이응백
194 아큐정전 루쉰/허세욱
195 촛불 신석정
196 인간제대 추식
197 고향산수 마해송
198 아랑의 정조 박종화
199 지사총 조선작
200 홍동백서 이어령
201 유령의 집 최인호
202 목련초 오정희
203 친구 송영
204 쫓겨난 아담 유치환
205 카마수트라 바스야야나/송미영
206 한 가닥 공상 밀른/공덕룡
207 사랑의 생가에서 우치무라 간조/최현
208 황무지 공원에서 유달영
209 산정무한 정비석
210 조선해학 어수록 장한종/박훤
211 조선해학 파수록 부묵자/박훤
212 용재총화 성현/정종진
213 한국의 가을 박대인
214 남원의 향기 최승범
215 다듬이 소리 채만식
216 부모은중경 안춘근
217 거룩한 본능 김규련
218 연주회 다음날 가브리엘 도네빌/문희정
219 갑사로 가는 길 이상보
220 공상에서 과학으로 엥겔스/박광순
221 인도기행 H.헤세/박환덕
222 신화 이주홍
223 게르마니아 타키투스/박광순
224 김강사와 T교수 유진오
225 금강산 애화기 괴발영/김승일
226 십자가의 증언 강원룡
227 아테모네의 마담 주요섭
228 병풍에 그린 닭이 나도향
229 조선책략 황준헌/김승일
230 시간의 빈 터에서 김열규
231 밖에서 본 자화상 한완상
232 잃어버린 동화 박문하
233 붉은 산(외) 루이제 린저/홍경호
234 봄은 어느 곳에 심훈(외)
235 청춘예찬 민태원
236 낙엽을 태우면서 이효석
237 알랭어록 알랭/정봉구
238 기다리는 마음 송규호
239 난중일기 이순신/이민수
240 동양의 달 차주환
241 경세종(외) 김필수(외)
242 독서와 인생 미키 기요시/최현
243 콜롱브 메리메/송태효
244 목축기 이효석
245 허허선생 남정현
246 비늘 윤흥길
247 미켈란젤로의 생애 로맹 롤랑/이정림
248 산딸기 노천명
249 상식론 토머스 페인/박광순
250 베토벤의 생애 로맹 롤랑/이정림

251 얼굴 조경희
253 임금노동과 자본 카를 마르크스/박광순
254 붉은 산 김동인
255 낙동강 조명희
256 호반 · 대학시절 T. 슈토름/홍경호
257 맥 김남천
258 지하촌 강경애
259 설국 가와바타 야스나리/김진욱
260 생명의 계단 김교신
261 법창으로 보는 세계명작 한승헌
262 톨스토이의 생애 로맹롤랑/이정림
263 자본론 레닌/김승일
264 나의 소원(외) 김구
265 측천무후 여의군전(외) 서한령외/편집부
266 카를 마르크스 레닌/김승일
267 안티고네 소포클레스/황문수
268 한국혼 신규식
269 동양평화론(외) 안중근
270 조선혁명선언 신채호
271 백록담 정지용
272 조선독립의 서 한용운
273 보리피리 한하운
274 세계문학을 어떻게 읽을 것인가 헤세/박환덕
275 영구평화론 칸트/박환덕 · 박열
276 제갈공명 병법 제갈량/박광순
277 망망대해 백사충
278 광인일기(외) 루쉰/허세욱
279 그날이 오면 심훈
280 호질 · 양반전 · 허생전 박지원/이민수
281 진주 스타인벡/이성호
282 님의 침묵 한용운
283 패강랭(외) 이태준
284 동몽선습 민제인/안춘근
285 사직동 그 집 이정림
286 영가 칼릴 지브란/윤삼하
287 간디 어록 리처드 아텐버러/최현
288 천자문 주흥사/안춘근
289 나의 애송시 이응백외/편집부
290 젊은이의 편지(외) 생 텍쥐페리/조규철
291 아름다운 배경 정목일
292 훈염(외) 최서해
293 한자 여행 강영매
294 헤세 시집 H. 헤세/서석연
295 하이네 시집 H. 하이네/서석연
296 운수 좋은 날(외) 현진건
297 역사를 빛낸 한국의 여성 안춘근
298 변신 프란츠 카프카/박환덕
299 좁은 문 앙드레 지드/이정림
300 효 이이화(외) 피천득 외 19인
301 행복론 헤르만 헤세/박환덕
302 나비 헤르만 헤세/홍경호
303 홍길동전 · 임진록 허균(외)/전규태
304 유머 에세이 29장 김진악
305 누름돌 최원현
306 데미안 헤르만 헤세/홍경호
307 독일인의 사랑 막스 뮐러/홍경호
308 진달래꽃 김소월

시대를 초월해 인간성 구현의
모범으로 삼을 만한 책을 엄선하여 엮다!

범우 고전선

1 유토피아 토마스 모어/황문수
2 오이디푸스 왕 소포클레스/황문수
3 명상록·행복론 M.아우렐리우스·L.세네카/황문수·최현
4 깡디드 볼떼르/염기용
5 군주론·전술론(외) 마키아벨리/이상두
6 사회계약론(외) J. 루소/이태일·최현
7 죽음에 이르는 병 키에르케고르/박환덕
8 천로역정 존 버니언/이현주
9 소크라테스 회상 크세노폰/최혁순
10 길가메시 서사시 N. K. 샌다즈/이현주
11 독일 국민에게 고함 J. G. 피히테/황문수
12 히페리온 F. 횔덜린/홍경호
13 수타니파타 김운학 옮김
14 쇼펜하우어 인생론 A. 쇼펜하우어/최현
15 톨스토이 참회록 L. N. 톨스토이/박형규
16 존 스튜어트 밀 자서전 J. S. 밀/배영원
17 비극의 탄생 F. W. 니체/곽복록
18 에 밀(상)(하) J. J. 루소/정봉구
19 팡 세 B. 파스칼/최현·이정림
20 헤로도토스 歷史(상)(하) 헤로도토스/박광순
21 성 아우구스티누스 고백록 A. 아우구스티누/김평옥
22 예술이란 무엇인가 L. N. 톨스토이/이철
23 나의 투쟁 A. 히틀러/서석연
24 論語 황병국 옮김
25 그리스·로마 희곡선 아리스토파네스(외)/최현
26 갈리아 戰記 G. J. 카이사르/박광순
27 善의 연구 니시다 기타로/서석연
28 육도·삼략 하재철 옮김
29 국부론(상) A. 스미스/최호진·정해동
30 국부론(하) A. 스미스/최호진·정해동
31 펠로폰네소스 전쟁사(상) 투키디데스/박광순
32 펠로폰네소스 전쟁사(하) 투키디데스/박광순
33 孟子 차주환 옮김
34 아방강역고 정약용/이민수
35 서구의 몰락 ① 슈펭글러/박광순
36 서구의 몰락 ② 슈펭글러/박광순
37 서구의 몰락 ③ 슈펭글러/박광순
38 명심보감 장기근
39 월든 H. D. 소로/양병석
40 한서열전 반고/홍대표
41 참다운 사랑의 기술과 허튼 사랑의 질책 안드레아스/김영락
42 종합 탈무드 마빈 토케이어(외)/전풍자
43 백운화상어록 백운화상/석찬선사
44 조선복식고 이여성
45 불조직지심체요절 백운선사/박문열
46 마가렛 미드 자서전 M.미드/최혁순·최인옥
47 조선사회경제사 백남운/박광순
48 고전을 보고 세상을 읽는다 모라야 히로시/김승일
49 한국통사 박은식/김승일
50 콜럼버스 항해록 라스 카사스 신부 엮음/박광순
51 삼민주의 쑨원/김승일(외) 옮김
52 나의 생애(상)(하) L 트로츠키/박광순
53 북한산 역사지리 김윤우
54 몽계필담(상)(하) 심괄/최병규
56 사기(상·중·하) 사마천/이무영
57 해동제국기 신숙주/신용호(외) 주해

▶ 계속 펴냅니다

현대사회를 보다 새로운 시각으로 종합진단하여
그 처방을 제시해주는,

범우 사상신서

1 자유에서의 도피 E. 프롬/이상두
2 젊은이여 오늘을 이야기하자 렉스프레스/방곤·최혁순
3 소유냐 존재냐 E. 프롬/최혁순
4 불확실성의 시대 J. 갈브레이드/박현채·전철환
5 마르쿠제의 행복론 L. 마르쿠제/황문수
6 너희도 神처럼 되리라 E. 프롬/최혁순
7 의혹과 행동 E. 프롬/최혁순
8 토인비와의 대화 A. 토인비/최혁순
9 역사란 무엇인가 E. 카/김승일
10 시지프의 신화 A. 카뮈/이정림
11 프로이트 심리학 입문 C.S. 홀/안귀여루
12 근대국가에 있어서의 자유 H. 라스키/이상두
13 비극론·인간론(외) K. 야스퍼스/황문수
14 엔트로피 J. 리프킨/최현
15 러셀의 철학노트 B. 페인버그·카스릴스(편)/최혁순
16 나는 믿는다 B. 러셀(외)/최혁순·박상규
17 자유민주주의에 희망은 있는가 C. 맥퍼슨/이상두
18 지식인의 양심 A. 토인비(외)/임헌영
19 아웃사이더 C. 윌슨/이성규
20 미학과 문화 H. 마르쿠제/최현·이근영
21 한일합병사 야마베 겐타로/안병무
22 이데올로기의 종언 D. 벨/이상두
23 자기로부터의 혁명 ① J. 크리슈나무르티/권동수
24 자기로부터의 혁명 ② J. 크리슈나무르티/권동수
25 자기로부터의 혁명 ③ J. 크리슈나무르티/권동수
26 잠에서 깨어나라 B. 라즈니시/길연
27 역사학 입문 E. 베른하임/박광순
28 법화경 이야기 박혜경
29 융 심리학 입문 C.S. 홀(외)/최현
30 우연과 필연 J. 모노/김진욱
31 역사의 교훈 W. 듀란트(외)/천희상
32 방관자의 시대 P. 드러커/이상두·최혁순
33 건전한 사회 E. 프롬/김병익
34 미래의 충격 A. 토플러/장을병
35 작은 것이 아름답다 E. 슈마허/김진욱
36 관심의 불꽃 J. 크리슈나무르티/강옥구
37 종교는 필요한가 B. 러셀/이재황
38 불복종에 관하여 E. 프롬/문국주
39 인물로 본 한국민족주의 장을병
40 수탈된 대지 E. 갈레아노/박광순
41 대장정—작은 거인 등소평 H. 솔즈베리/정성호
42 초월의 길 완성의 길 마하리시/이병기
43 정신분석학 입문 S. 프로이트/서석연
44 철학적 인간 종교적 인간 황필호
45 권리를 위한 투쟁(외) R. 예링/심윤종·이주향
46 창조와 용기 R. 메이/안병무
47 꿈의 해석(상)(하) S. 프로이트/서석연
48 제3의 물결 A. 토플러/김진욱
49 역사의 연구① D. 서머벨 엮음/박광순
50 역사의 연구② D. 서머벨 엮음/박광순
51 건–건록 무쓰 무네미쓰/김승일
52 가난이야기 가와카미 하지메/서석연
53 새로운 세계사 마르크 페로/박광순
54 근대 한국과 일본 나카스카 아키라/김승일
55 일본 자본주의의 정신 야마모토 시치헤이/김승일·이근원
56 정신분석과 듣기 예술 E. 프롬/호연심리센터
57 문학과 상상력 콜린 윌슨/이경식
58 에르푸르트 강령 칼 카우츠키/서석연
59 윤리와 유물사관(외) 칼 카우츠키/서석연

▶ 계속 펴냅니다

어머니 아버지가 보았던 책, 다시 갈고닦았습니다.

사르비아 총서
1977~2018

'범우 사르비아문고'에서 편집체제와 판형 및 내용을 대폭 개선한 '사르비아총서'까지 독자 여러분의 사랑을 받아 온 지도 40년이 되었습니다. 앞으로도 '사르비아총서'는 독자여러분의 사랑과 성원 속에 '일반교양도서'시리즈로 확고히 자리매김하여 선구자적인 역할을 다할 것입니다.

인물·전기

101 백범일지 김구 지음
102 만해 한용운 임중빈 지음
103 도산 안창호 이광수 지음
104 단재 신채호 일대기 임중빈 지음
105 프랭클린 자서전 B 프랭클린 지음/양수정 옮김
106 마하트마 간디 로맹 롤랑/최현 옮김
107 안중근 의사 자서전 안중근 지음
108 이상재 평전 전택부 지음
109 윤봉길 의사 일대기 임중빈 지음
110 디즈레일리의 생애 앙드레 모루아 지음/이정림 옮김
111 윤관 장군과 북벌 임중빈 지음
112 윤용하 일대기 박화목 지음
113 위대한 예술가의 생애 로맹 롤랑 지음/이정림 옮김

한국고전·신소설

201 목민심서 정약용 지음/이민수 옮김
202 춘향전·심청전 작자 미상/이상보 주해
203 난중일기 이순신 지음/이민수 옮김
204 호질·양반전·허생전(외) 박지원(외) 지음/이민수 옮김
205 혈의 누·은세계·모란봉 이인직 지음
206 토끼전·옹고집전(외) 작자 미상/전규태 주해
207 사씨남정기·서포만필 김만중 지음/전규태 옮김
208 보한집 최자 지음/이상보 옮김
209 열하일기 박지원 지음/전규태 옮김
210 금오신화·화왕계(외) 김시습·설총(외) 지음/이민수 역주
211 귀의 성 이인직 지음
212 금수회의록·공진회(외) 안국선 지음
213 추월색·자유종·설중매 최찬식·이해조·구연학 지음
214 홍길동전·전우치전·임진록 허 균(외) 지음/전규태 옮김
215 구운몽 김만중 지음/전규태 옮김
216 한국의 고전명문선 최자원(외) 지음/이민수 역주
217 흥부전·조웅전 작자 미상/전규태 주해

218 북학의 박제가 지음/김승일 옮김
219 삼국유사(상) 일 연 지음/이민수 옮김
220 삼국유사(하) 일 연 지음/이민수 옮김
221 인현왕후전 작자 미상/전규태 옮김
222 계축일기 작자 미상/전규태 옮김
223 한중록 혜경궁 홍씨/전규태 옮김
224 치악산 이인직 지음

한국문학(근·현대소설)

301 압록강은 흐른다 이미륵 지음/전혜린 옮김
302 그래도 압록강은 흐른다 이미륵 지음/정규화 옮김
303 이야기(외) 이미륵 지음/정규화 옮김
304 태평천하 채만식 지음
305 탈출기·홍염(외) 최서해 지음
306 무영탑(상) 현진건 지음
307 무영탑(하) 현진건 지음
308 벙어리 삼룡이(외) 나도향 지음
309 날개·권태·종생기(외) 이상 지음
310 낙엽을 태우면서(외) 이효석 지음
311 상록수 심훈 지음
312 동백꽃·소낙비(외) 김유정 지음
313 빈처(외) 현진건 지음
314 백치 아다다(외) 계용묵 지음
315 탁류(상) 채만식 지음
316 탁류(하) 채만식 지음
317 이범선 작품선 이범선 지음
318 수난이대(외) 하근찬 지음
319 감자·배따라기(외) 김동인 지음
320 사랑 손님과 어머니 주요섭 지음
321 메밀꽃 무렵(외) 이효석 지음
322 삼대 (상) 염상섭 지음
323 삼대 (하)
324 패강랭(외) 이태준 지음

한국문학 (시·수필)

401 효孝 피천득 외 31인 지음
402 김소월 시집 김소월 지음
403 역사를 빛낸 한국의 여성 안춘근 엮음
404 독서의 지식 안춘근 지음
405 윤동주 시집 윤동주 지음
406 한시가 있는 에세이 정진권 지음
407 이윤사의 시와 산문 이육사 지음
408 님의 침묵 한용운 지음
409 옛사가 있는 에세이 정진권 지음
410 한국의 옛시조 이상보 지음
411 시조에 깃든 우리 얼 최승범 지음
412 한국고전 수 선 정진권 지음
413 환경에세이·병든 바다 병든 지구 김지하(외) 지음
414 에세이 중국고전 정진권 지음
415 한국 한시선 정진권 지음
416 김영랑 시집 김영랑 지음

동양문학

501 아큐정전(외) 루쉰 지음/허세욱 옮김
502 삼국지(상) 나관중 지음/최 현 옮김
503 삼국지(중) 나관중 지음/최 현 옮김
504 삼국지(하) 나관중 지음/최 현 옮김
505 설국·천우학 가와바타 야스나리 지음/김진욱 옮김
506 법구경 입문 마쓰바라 타이도 지음/박해겅 옮김
507 채근담 홍자성 지음/최 현 옮김
508 수호지(상) 시내암 지음/최 현 옮김
509 수호지(중) 시내암 지음/최 현 옮김
510 수호지(하) 시내암 지음/최 현 옮김
511 천자문 주흥사 지음/안춘근 엮음

서양문학

601 인간의 대지·젊은이의 편지 생 텍쥐페리 지음/조규철·이정림 공역
602 기탄잘리 타고르 지음/김양식 옮김
603 외투·코·상화 고골리 지음/김영국 옮김
604 맥베스·리어왕 셰익스피어 지음/김진욱 옮김
605 로미오와 줄리엣(외) 셰익스피어 지음/양은숙 옮김
606 어린 왕자(외) 생 텍쥐페리 지음/이정림 옮김
607 예언자·영가 칼릴 지브란 지음/유제하(외) 옮김
608 서머셋 몸 단편선 서머셋 몸 지음/이호성 옮김
609 토마스 만 단편선 토마스 만 지음/지명렬 옮김
610 이방인·전락 A카뮈 지음/이정림 옮김
611 노인과 바다(외) 헤밍웨이 지음/김회진 옮김
612 주홍글씨 N. 호손 지음/이장환 옮김
613 포 단편선 애드거 A. 포 지음/김병철 옮김
614 명상록 M. 아우렐리우스 지음/최 현 옮김
615 잔잔한 가슴에 파문이 일때(외) 루이제 린저 지음/홍경호 옮김
616 싯다르타 헤르만 헤세 지음/홍경호 옮김
617 킬리만자로의 눈(외) 헤밍웨이 지음/오미애 옮김
618 별·마지막 수업(외) 알퐁스 도데 지음/정봉구 옮김
619 젊은 시인에게 보내는 편지 R.M. 릴케 지음/홍경호 옮김
620 니체의 고독한 방황 니체 지음/최혁순 옮김
621 이상한 나라의 앨리스 루이스 캐롤 지음/김성렬 옮김
622 헤세의 명언 헤르만 헤세 지음/최혁순 옮김
623 인간의 역사 M. 일린(외)지음/이순권 옮김
624 사람은 무엇으로 사는가(외) 톨스토이 지음/김진욱 옮김
625 좁은 문 앙드레지드 지음/이정림 옮김
626 대지 펄 벅 지음/최 현 옮김
627 아간비행(외) 생 텍쥐페리 지음/조규철·전재린 옮김
628 여자의 일생 모파상 지음/이정림 옮김
629 그리스·로마 신화 토마스 불핀치 지음/최혁순 옮김
630 위대한 개츠비 스콧 피츠제럴드 지음/송관식 옮김
631 젊은이의 변모 한스 카로사 지음/박환덕 옮김
632 마지막 잎새(외) O. 헨리 지음/송관식 옮김
633 어떤 미소 F. 사강 지음/정봉구 옮김
634 수레바퀴 아래서 헤르만 헤세 지음/박환덕 옮김
635 슬픔이여 안녕 F. 사강 지음/이정림 옮김
636 마음의 파수꾼 F. 사강 지음/방 곤 옮김
637 모파상 단편선 모파상 지음/이정림 옮김
638 데미안 헤르만 헤세 지음/박환덕 옮김
639 독일인의 사랑 막스 뮐러 지음/홍경호 옮김
640 젊은 베르테르의 슬픔 괴테 지음/지명렬 옮김
641 늪텃집 처녀(외) 라겔뢰프 지음/홍경호 옮김
642 갈매기의 꿈(외) 리처드 바크 지음/김진욱·양은숙 옮김
643 폭풍의 언덕 E. 브론테 지음/윤삼하 옮김
644 모모(상) 미하엘 엔데 지음/서석연 옮김
645 모모(하) 미하엘 엔데 지음/서석연 옮김
646 북경에서 온 편지 펄 벅 지음/김성렬 옮김
647 페터의 산문 페어터 지음/이성호 옮김
648 아름다워라 청춘이여 헤르만 헤세 지음/박환덕 옮김
649 호반·황태자의 첫사랑 슈토름(외) 지음/홍경호 옮김
650 첫사랑·짝사랑 투르게네프/이철 옮김
651 가든 파티 맨스필드/김회진 옮김
652 체호프 단편선 A체호프/박형규 옮김

역사·철학·기타

701 철학 사상 이야기(상) 현대사상연구회 엮음
702 철학 사상 이야기(하) 현대사상연구회 엮음
703 사랑의 기술 에리히 프롬 지음/정성호 옮김
704 탈무드 마빈 토케이어 지음/정진태 옮김
705 문장강화 이태준 지음

각권 값 6,000원